우리의
삶은
엉망진창으로
아름답다

박상아 에세이

우리의 삶은 엉망진창으로 아름답다

초판 1쇄 인쇄 2021년 4월 30일
초판 1쇄 발행 2021년 5월 10일

글 · 그 림	박상아
펴 낸 이	나현숙
디 자 인	윤경섭(helloyoongoon@gmail.com)

펴 낸 곳	디 이니셔티브
출 판 신 고	2019년 6월 3일 제2019-000061호
주 소	서울시 마포구 토정로 53-13 3층
전화 · 팩스	02-749-0603
이 메 일	the.initiative63@gmail.com
페이스북 · 인스타그램 @4i.publisher	

ⓒ 박상아 2021
ISBN 979-11-968484-8-4 03810

iiii 디 이니셔티브 는 보다 나은 미래에 도전하는 콘텐츠 퍼블리셔입니다

우리의
삶은
엉망진창으로
아름답다

박상아 에세이

life
is messy
and
beautiful

디 이니셔티브

Prologue

사랑을 하고 결혼을 하고 아기를 낳는 평범한 일들. 공황장애를 앓자 평범함이 소망이 된다. 한 남자를 만나고 결혼을 했다. 공깃밥처럼 당연하게 추가되는 기쁨이 낯설다.

평범함은 열심히 사는 것밖에 달리할 수 있는 게 없는, 근근이 살아가는 나였다. 그것은 보통보다 불안을 의미했다. 13000일이 넘는 날들을 살며, 내가 살아가는 일에 서툰 사람이라는 것과 그것을 알아차릴 만큼만 노련해졌다.

마음과 다르게 삐뚤게 말해 사랑하는 사람에게 상처를 주기도 하고 어떤 일에 지레 겁을 먹고 변명이 많아지기도 한다. 알 수 없는 패배감이 문득 올라오는 날에는 낯선 나를 꿈꾸기도 하고 평범함보다는 평온함을 바라기도 한다.

소망은 용기가 많아 두려움을 밟고 선다. 언젠가는 글을 쓰는 사람이 되게 하더니 지금은 엄마가 되게 한다. 아기에게 매일 해주는 말. 괜찮아, 당연히 실수하는 거야. 엄마는 모든 너를 사랑해. 웃는 너도, 떼쓰는 너도, 우는 너도. 그냥 너라서 사랑해. 오늘은 그 말들로 나를 격려해 본다. 나는 지금 보통의 낯선 삶을 산다.

Prologue　　•　　..　4

Chapter 1　　•　　늘 괜찮았고,
　　　　　　　　　　괜찮지 않았다

Chapter 2 ● 그날 우리의 호흡은
조금 빨랐다

Chapter 3　●　낯설고 사소한 날들을
산다

Chapter 4 ● 그들의 인생에 눈을 맞추고
안녕을 살핀다

Always smooth yet always disruptive

Chapter 1

·

늘
괜찮았고,
괜찮지 않았다

밥을 먹는 일

　울다 지쳐 잠만 자던 그때. 막막한 삶, 슬픔과
두려움으로부터 도망칠 곳은 울음과 잠뿐이었던 때.
마음 단단히 먹으라고 한마디씩 할 때. 당신은 그저 밥을
먹자고 했다.

　밥을 해주겠다며 집에 오기 시작하더니 밥숟가락에
뭐든 올려주었다. 갈치도 무조림도 손으로 길게 찢은
김치도. 살자고 입안에 욱여넣는 밥이 씹히지 않던
때였다.

　당신이어서 고민한 것은 아니다. 사랑을 제도로 묶는
게 무슨 소용일까? 당신의 삶에 나의 슬픔을 보태는
일이 맞을까? 의구심과 미안함이 교차했다.

　　　　　　　　　우리의 삶은 엉망진창으로 아름답다

결혼한 지금도, 채워지지 않는 무언가가 자꾸 가슴에
들어찬다. '이렇게 살지 말아야지, 이렇게 살지 말아야지.
어떻게 살아야 하나, 어떻게 살아야 하나'

"괜찮아. 밥 먹자."

당신은 이불 속에서 나를 끄집어낸다. 고등어 조림,
오징어볶음, 계란찜, 간장 무조림 같은 음식들. 내 앞으로
밀어주는 반찬들.
내게 밥을 먹는 일이 낭만적이고 뭉클한 것은
누군가 괜찮지 않은 나를 사랑하는 방식이기 때문이다.

괜
찮 다

"괜찮아?"
"괜찮아…"

나는 괜찮다는 말을 주로 거절의 의미로, 당신은 나를
안심시키기 위해 썼다. 가끔 서로의 안부를 묻는 말로
쓰기도 했다.
불안하고 우울하지 않게 해주는 약들. 언젠가부터
당신이 하루치 약만 테이블 위에 올려놓고 출근한다는
사실을 발견한다.

나는 괜찮은 걸까? 너는? 우리는?

누군가를 돌보는 사람은 늘 괜찮아야만 한다. 늘
괜찮아야만 한다는 건 역설적이게도 괜찮지 않음을
의미하기도 한다.

우리의 삶은 엉망진창으로 아름답다

당신은 늘 괜찮았고, 동시에 괜찮지 않았다.

괜찮다는 말 뒤에 숨을 수 있는 우리는 얼마나 다행인지
생각한다.

똑바로 보지 못한 좌절을.
어찌지 못한 불안을.
입안에 머무른 슬픔을.
불툭불툭 튀어 오르는 불행을 숨긴다.

"괜찮아."

때론 누군가 토닥여준 위안이기도 하고
견딜 수 있을 거라는 희망이기도 하다.

마 음
을
쓴   다

    남동향의 집엔 아침에 햇빛이 들어와 정오가 되기
전에 물러난다. 햇살 머금은 초록 화분들이 베란다에
가득하다.
    식물을 키우는 데는 알맞음이 필요하다. 알맞은 시간
간격과 물. 알맞은 크기의 분. 알맞은 온도와 햇빛.
알맞은 영양분이 있는 흙. 알맞지 않은 무언가가 식물을
시들게 한다.
    식물을 키우는 일은 손이 간다. 손이 간다는 건
사람이 직접 무언가를 한다는 것을 의미한다. 번거로운

우리의 삶은 엉망진창으로 아름답다

무언가를 기꺼이 하는 마음이기도 하다. 식물을 키운다는 건
마음을 써서 식물에 알맞음을 제공하는 일이다.

마음을 쓰는 일에 알맞음이란 없다. 마음은 기운 곳으로 왈칵
쏟아지곤 한다. 가끔 텅 빈 것처럼 공허한 건 무언가에 마음을
전부 쏟아내 버렸기 때문인지도 모른다.

내어 주고 싶은 만큼만 내어 주고, 혹은 생각보다 더 주었을
때 거슬러 받을 수 있다면… 슬픔, 아픔, 공허 같은 것도 그렇게
깊이 머물러 있진 않았으리라.

소파에 앉아 당신을 하는 일들을 무심히 바라본다. 당신은
몬스테라의 분을 돌려 그늘에 머물던 잎에 해를 쬐어준다. 문득
생각한다. 당신이 내 그늘을 읽고 밝은 쪽으로 나를 돌리려
애쓰는 마음을.

길게 자란 스킨답서스, 구멍이 뿅뿅 뚫린 모양이 다른 세
종류의 몬스테라. 천장에 매달려 양팔을 벌린 박쥐란. 어제
이발을 해준 드라코. 당신은 식물들에 이름을 하나씩 지어
주었다. 엄지손가락만 한 선인장엔 엄지, 양쪽으로 갈라진
선인장에는 집게, 파인애플, 얼룩이 등등.

이름이 있는 것엔 누군가의 애정이 있다. '나도 이름이
있으니 누군가의 애정이 있겠지…'라고 되뇌어 본다. 애정이
닿으면 생생해진다. 사람도 삶도 그렇다.

화분에 심은 나무도 겨울이면 잎을 털고 앙상해진다. 나는
그걸 모르고 겨울에 화분들을 버리곤 했다. 화분의 자리는

내가 원하는 곳이 아닌 햇빛이 드는 곳이라는 것도, 대부분
화분이 죽는 이유는 물을 안 줘서가 아니라 너무 자주 줘서라는
것도 당신 덕에 알았다. 이해 없이 누군가를 곁에 둔다는 것이
상대에게는 폭력이 될 수도 있다.

　나는 당신을 얼마나 알고 있는 걸까?
　당신을 다치지 않게 할 만큼 충분히 알고 있는 걸까?

　　　　　　　　　　　　　우리의 삶은 엉망진창으로 아름답다

마 음
의 셈 법

"왜 그렇게 식물을 키우는 거야?"
"정직하니까. 내가 애정을 쏟으면 쏟는 대로 생생해져.
애정을 거부하지도 의도가 있다고 의심하지도
않으니까…. 인간보다 심플하고 위로가 돼."

사람이 하는 사랑에는 머리가 달려 자꾸 계산을 한다.
마음을 계산한다는 건 곱해도 더해도 셈한다는 그
자체로 마냥 쓸쓸하다. 마음의 셈법에 답이 있다면 하면
할수록 외로워진다.
내어 주고 돌아오지 않는 마음에 상처가 나기도 하고
누군가가 내어 준 마음에 의심을 품고 외면하기도 한다.
전부를 내어 주면 배신당할까 불안해하기도 하고 서로
주고받는 마음의 크기나 깊이가 같기를 소망하기도

우리의 삶은 엉망진창으로 아름답다

한다.

　마음을 셈하는 것은 누군가의 선택이나 의지의 문제는
아니다. 지극히 동물적이고 본능적인 그래서 비난할 수 없는
일이다. 하지만 적어도 마음에 들인 사람들에게는 셈을 하지
않기로 한다.

　마음은 세아리는 것이 아니라 헤아리는 것이다.

결 혼 하
면
사 춘 기 가
된 다

"여기 반반 순살로…" 당신은 기어이 순살치킨을
시켰다.
"쾅!" 의식적으로 내가 낼 수 있는 가장 큰 소음이
나도록 안방 문을 닫으며 소리쳤다. "나는 뼈 있는 닭이
좋다고!"

켜켜이 쌓인 감정은 배 나온 풍선처럼 부풀다가
순살치킨과 뼈 있는 치킨 사이에서 터진다. 사랑이
그렇다. 감정의 골과 하는 꼴이 섞여 우스운 꼴이 된다.
진심은 목에 걸린 닭 뼈처럼 캐액 캑 서로에게 상처가 될
말만 한다.

마음을 오해하니 말을 오해하게 된다.
당신은 마음은 깊은데 말이 얕다.

우리의 삶은 엉망진창으로 아름답다

내게 묻지 않고 결정해 버린 것들. 당신에게는 사소했고
내게는 중요했던 일들.

내 마음이 상하는 일들을 나는 말할 수 없다. 당신이라, 내
마음을 아프게 하는 게 사랑하는 사람이면 안 되기에, 목에
걸린 말들이 켜켜이 쌓인다.

결혼을 하니 세 개의 자아가 함께 사는 것만 같다.

나의 자아와 그의 자아 그리고 부부의 자아.

부부의 자아가 단단해질 때까지 우리의 언어는 사춘기적
그것처럼 반항적이고 서툴다.

최고
의   애 정
표 현

　사랑은 믿지만, 결혼은 믿지 않습니다. 냉장고에
넣어둔 말라비틀어진 오래된 사과처럼, 제도 속에
넣어둔 사랑 역시 때때로 상하곤 합니다. 믿지 않지만
맹세합니다. 부부가 되겠다고.

　등 뒤에는 오랜 벗들과 가족들이 건네주는 축복이
있습니다. 번갯불에 콩 구워 먹듯이 속전속결로 끝나는
결혼식도 그저 형식일 뿐입니다. 마음은 형식이 어떤
것인지 잘 모르나 봅니다. 표정 역시 형식을 몰라
제멋대로 웃습니다.
　믿음과 반대되는 맹세를 합니다. 당신이 배우자라고
적힌 서류를 가지게 되었습니다. 지금도, 앞으로도

제도의 필요성을 납득할 수 없습니다. 인간의 마음은 담보가 불완전하기에, 물릴 수 있는 제도 또한 함께 있기에 그렇습니다.

그럼에도 불구하고 당신과 결혼을 한 이유는 그것이 내가 할 수 있는 최고의 애정 표현이었기 때문입니다.

드라마를 좋아하는 당신이 스릴러와 수사물을 좋아하는 나를 지칭하는 '로맨스라고는 드럽게 없는 여자'가 당신에게 하는 최고의 로맨틱한 행위이자 낭만적인 고백입니다.

산
책

  산책에는 목적이 없어 좋다. 다다르기 위해 걷는 것이
아니라 '그저 그냥'이란 말이 가장 잘 어울린다.
'넋을 놓는다'라는 표현이 있다. 걷다 보면 이내 넋이 놔
진다. 마음에 긴장이 빠진다. 편안해진다.
  해가 지는 것을 바라보기도 하고 천변을 따라
심어놓은 장미가 흐드러진 것을 보기도 한다. 걷다 보면
무엇이든 보지만 아무것도 보지 않는 상태가 되기도
한다.
  산책을 하면 어디에도 속해있지 않은 세상이 풍경처럼
흘러가는 느낌이다. 삶은 나의 것일 때만 힘들고 버겁다.
모든 것은 멀리서 바라보면 평온해 보인다.
  당신도 나도 그렇다. 결혼 이후의 사랑. 생활이 된
사랑이 어려운 것은 서로를 관조할 수 없기 때문이다.

  "난 날 환기하는 일이 중요해."

  산책하기 좋은 환경이라는 이유로 행복추구권을

우리의 삶은 엉망진창으로 아름답다

들먹이며 중랑천 변 낡은 아파트로 이사를 했다. 산책할 곳이
마땅치 않은 곳에 살 땐 20분씩 차를 몰아 한강으로 나가곤
했는데 어쩐 일인지 집 앞에 천도 잘 정돈된 산책로도
다 있는데 점점 집안에 틀어박혀 있는 날들이 늘어 갔다.

"가자."
"운동복 입어. 그때 산 거. 보라색 줄 들어간 거."
"신발 이거 신어. 발 넣어봐. 양말 발목 있는 거 신자. 이거
걸으면 뒤꿈치 까져."
"아, 신발 신기 전에 화장실 갔다 와."
"빨리 가자. 엘리베이터 누르고 있을게."
"넌 캡 모자가 안 어울리더라. 핸드폰 이리 줘. 여기 넣게."
"넌 신발이 바깥쪽부터 닳더라. 걸어 봐, 그냥 앞으로
편하게. 의식하지 말고 걸어 봐. 이상하네. 중심이 옆으로
빠진다."
"목! 목! 거북이 된다, 거북이. 앞으로 숙이지 말고 허리에
힘을 주고 걸어야지."
"커피 사서 걸으면서 마실래? 아님, 다 걷고 카페에 앉아서
먹을래?"

이제 나의 산책은 늘어선 아파트나 천변을 따라 걷거나
자전거를 타는 사람이 있는 풍경. 뜨뜻미지근하게 뺨을 스치는
바람. 그리고 당신이 내게 하던 따스한 말들이 있는 풍경을
걷는 일이다.

일 상
을   살 다

"양파", "파", "간장", "고춧가루"

당신은 마치 잘나가는 식당의 메인 셰프라도 되는 양
거만하게 굴며 간을 맞추는 것 빼고 재료 손질부터
설거지까지 시킨다. 나를 박 보조라 부르며 무언가 시킬
때마다 목소리에 신이 나 있다.
당신 손은 야물딱져서 뚝딱 뭐든 잘한다. 나는 손이
물렀고 집안일에 서툴다. 당신과 내가 늘 다투는
것은 집안일이었다. 당신은 먹고 치우는 일에 무슨
소명이라도 있는 듯 굴었다.
저녁을 지어 먹고 빨래를 돌리고 산책하러 나갔다
빨래를 널고, 주말이면 대청소를 하고 월요일이면
분리수거를 하는 그런 일들이 당신에게는 중요했다.
목이 아파서 병원에 갔다 온 날도. 여행을 다녀와서
피곤한 날도. 어김이 없었다. 그런 당신이 조금
피곤하다. 사실 내 삶에서 집안일이 중요한 날은 하루도
없었다.

우리의 삶은 엉망진창으로 아름답다

"난 당신이 일상을 살았으면 좋겠어."

집안일로 날 채근하는 당신과 싸운 날이었던 것 같다. 당신
말을 곱씹어 보니 마음에 병명이 붙은 이후로 내가 가장
먼저 놓아 버린 것은 일상이었다. 청소하고 빨래를 하는,
아침저녁으로 샤워를 하고 적어도 두 끼를 챙겨 먹는, 자신을
스스로 건사하는 일상.
당신이 지적해 주기 전에는 손톱 발톱이 자라난 지도 모르는
채 시간을 보냈고, 로또를 사듯 기적처럼 이루어질 무언가를
놓지 못해 내일에만 매달리고 있었다. 자신을 돌보지 못한 채
현실에 발을 딛지 못하고 붕 떠 있었다.

당신은 지독히도 뭐든 함께여야 했다. 당신이 걸레를 빨면
나에게 널게 했다. 당신이 요리하면 옆에서 양파를 까게 했다.
그것이 나를 현실에 붙들어 두는 방법이었고
내가 괜찮다는 당신의 희망이었다.

로또처럼
품어진 꿈

당신은 일상을 살고 나는 이상을 살고 있다.

잠을 자며 살갗을 스치는 당신의 다리나 팔에 혼자가
아님을 확인하고 안도하면서도 외로운 이유는 우리는
다른 세상을 살기 때문이다.
청탁받지 않는 원고를 쓰거나 그림을 그리는 나의
일들이 모두에게 이해받기 어렵다는 걸 알지만 당신만은
이해해 주기를 바란다. 당신은 이런 나의 일들이
쓸데없다고 생각한다. 나는 당신처럼 하루하루가 같은
일상만 있다면 내일도 오늘일 것 같다.

어른이 되면서 우리는 꿈보다 가까운 것들을 택한다.
아이 때는 꿈을 꾸는 게 일상이었는데 어느 순간 꿈을
놓지 못하면 철부지가 된다. 언제부터인가 주머니에
넣어둔 로또처럼 꿈을 가슴 한구석에 품고 다닌다.

우리의 삶은 엉망진창으로 아름답다

아파서 입원을 하지 않는 날에는 회사를 갔다. 그런 게 쓸모 있는 어른의 삶이라고 생각했다.

너무 오래 이루지 못한 꿈은 삶을 조각내기도 하지만 꿈이 없는 삶은 사람을 무너트리기도 한다. 백수가 되었을 때 나를 괴롭힌 건. 복귀하지 못할 수도 있다는 두려움보다 너무 일찍 타협해 버린 나였다.

아이에서 어른이 된다고 생각했는데 아이와 어른은 한 사람 속에 공존하며 살아가고 있었다.

비루한 현실. 깎여나간 자존심. 한숨이나 한잔 술에 기대어 쉬는 고단함. 묵묵히 살다가도 가슴을 저미는 저릿함으로 미련하고 바보처럼 꿈을 품는다.

아이가 쓸모를 위해 태어나지 않듯 어른 역시 마찬가지이다. 세상엔 쓸모없는 어른도 필요하다.

온통
내가 낯설다

　　계절에 따라 시간에 따라 공기는 달라진다. 타인에게
있어 나 역시 공기만큼 달라졌을 것이다. 여름이 끝나는
지점의 어느 날 아파트 현관에서 마주한 차갑고 무거운
가을 공기처럼 그만큼 낯설어졌을 것이다.

　　시답지 않은 농담을 하며 웃고 지난봄에 입던 옷을
가을인 오늘도 입고 있지만, 저녁노을이 현실의 것이
아니게 느껴지는 날처럼 그만큼 낯설어졌을 것이다.

　　실은, 그들보다 내가 그랬을 것이다.
　　나는 온통 내가 낯설고 어느 계절에 있는지 모르겠다.

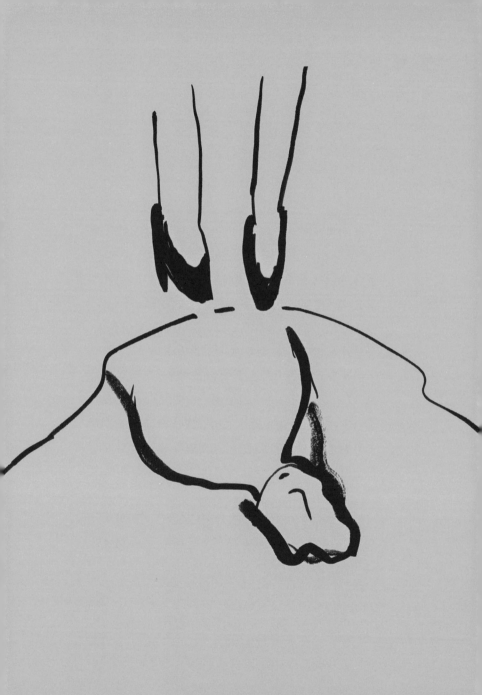

청 탁 받 지
않 은 원 고 를
쓰 는 일

뭘 어떻게 해야 힘이 나는 걸까? '힘내지 않아도 돼', '그럴 수 있어'와 같은 말들은 서점에만 있고 주위엔 없다. 아무것도 하지 않은 채로 살 수는 없다. 이건 다짐 같은 게 아니라 그렇게 살아보면 알게 된다. 머무는 날들이 길어진다. 날들의 길이만큼 마음은 짧아진다. 무언가를 끄적인다. 그렇게라도 살아 본다.

카페에 가서 노트북을 열어놓고 아무것도 쓰지 않은 채 긴 시간을 보내다 오기도 한다. 사람들은 낭비를 싫어한다. 그들 말이 맞는 걸까? 그런 거 같기도 하다. 청탁받지 않은 원고를 쓴다. 현실에서 소망은 낭비 같은 느낌이다. 노련하게 살고 싶은데 자꾸 어설퍼진다.

높이가 살짝 다른 계단은 턱이다. 걷던 계단의 높이에 익숙해진 걸음은 걷던 대로 걸으면 아주 낮은 턱에도 넘어진다. 일어나 걷는다. 일어나 걷는 걸음에 큰 의미는 없다.
무언가 극복해서가 아니라 관성이다. 작은 실패에서 생기는
관성이, 일어날 힘이 삶에는 있다. 그래서 대부분의 실패는
걱정할 필요가 없다.

　하지만 살아지는 대로 살고 걷던 대로 걷다 보면 모든 걸음의
높이가 다르게 느껴지는 순간이 온다. 넘어지고 일어나는
일들이 아니라 걷는 것 자체가 두려워지게 된다. 익숙함이란
그렇다. 같은 높이의 계단에 길들여지는 것이다. 머무른다는
건 걷지 않는 게 아니라 매일 같은 걸음을 걷는 것이다. 살면서
가장 두려운 것은 자신에게 길들여지는 것이다.

　노트북을 연다. 힘내지 않는다. 일으키는 관성들에 몸을
맡긴다. 할 수 있는 것만 한다. 낭비해 본다. 살아 본다.

무 지 개
는   검 정 색 이 다

날이 좋다.

눈사람이 녹아내린다. 눈사람을 만들던 마음을 겨울에
놓아두고 봄을 찾아 떠난다. 빨강 주황 노랑 초록 파랑
남색 보라. 누군가 내 눈에서 무지개를 보던 날들.
지난여름 수영장엔 색색이 색깔들이 가득하다. 첨벙첨벙
색색이 무지개 수영. 지난 시절의 나는 선명하다. 어제는
아이였는데 오늘은 노인이 됐다. 기미 때문에 그늘로만
다녔더니 봄. 여름. 가을. 겨울. 계절 모두 그늘이다.
누군가 내 그늘을 읽고 찾아와 말한다.

우리의 삶은 엉망진창으로 아름답다

"당신 눈사람은 단단해서 봄에도 살아내겠군요."

빨. 주. 노. 초. 파. 남. 보. 누군가의 소망이 내 안에 들어와
내 무언가와 마구잡이로 엉킨다. 엉킨 색들은 마구잡이로
섞여 검정색이 된다. 그늘이 된다. 슬픔이 된다. 춥다. 춥다.
춥다. 나의 봄은 춥다. 눈사람은 살아낼 것이다. 무지개는
검정색이다. 그렇다. 어른들의 무지개는 검정색이다.

객 관 식
인 생

거리를 걷는 수많은 삶. 삶은 펼쳐 놓으면 주관식 같고
압축해 보면 객관식 같다. 대학을 졸업하고 취업을 하고
적당한 나이에 결혼해 사는 일. 답을 찾는 법만 배워서
사는 일마저 모범 답안처럼 살아가는 느낌이다. 내가
가진 선택지와 버린 선택지를 헤아려 본다.

좋아하고 싫어하는 것들의 경계가 흐려진다. 모르는
문제도 외워버리면 정답을 가릴 수 있었던 때에는
모르는 것들도 그리 큰 문제가 되지 않았다. 살아가는
문제는 외워버릴 무언가가 없다. 문제들이 된다.

우리의 삶은 엉망진창으로 아름답다

뭣도 몰라서 패기 넘치던 시기가 지나고 살아가는 일이 절실해질 즈음 문득 정신을 차려보니 뒤처지지 않는 것이 목표가 되어 있었다. 늘 성실하고 열심히 살라고 배웠는데 그렇게만 살아서는 안 되었던 모양이다.

정답인 줄 알고 언젠가 외웠던 모양으로 습관처럼 산다. 내가 정답의 모양을 좋아했던가? 그런 것들의 의미가 그리 크지 않은 순간을 지난다. 알맞은 시간에 알맞은 위치에 알맞은 모습으로 있다. 어떤 모양으로 살아가는지 신경 쓰지 않은 채 연봉 인상률, 인센티브 같은 디테일에 집착한다. 모양이 그렇다. 나이가 들수록 모양이 빠진다.

문제집 뒤편에 있던 답안지처럼 삶의 뒤편에는 살아가는 데 필요한 답이 실린 내가 있을까? 주위의 누군가가 성공했다는 소식을 들을 때마다 혀끝이 씁쓸해진다. 늘 답을 알 것만 같았는데 이제는 문제들만 있고 답이 없다.

나이를 먹을수록 작아지는 동그라미에서 발을 빼지도, 그렇다고 선 안의 사람도 아닌 채 서 있다.

원 안에서 내쳐졌을 때 원 안으로 들어가려 선을 밟았다.
원안의 사람들이 나를 밀어낸다.
주위를 둘러보니 선이 없는 세상에 서 있다.
별 모양의 선을 그린다.
별별 세상에 나는 서 있다.

아 무 도
뭐 라 하 지 않 았 다,
스 스 로
그 러 하 였 을 뿐

무릇 나온 하루를 벗어 세탁기에 넣는다. 더운물에 몸을
담근다. 악몽에서 깨어도 악몽인 날들이 물에 녹는다. 거울에
서린 김 뒤로 삶을 움켜쥔 겁 많은 인간이 서 있다. 손으로 김을
닦아 내려다 그냥 둔다. 생각해 보면 아무도 뭐라 하지 않았다.
스스로 그러하였을 뿐.

가사는 모르고 멜로디만 아는 노래를 흥얼거린다. 슬프고
아름다운 노래를 흥얼거린다. 흥얼거리다 보면 그저 아름답다.

나 를
벗 는   일

창밖의 거리는 저마다의 속도로 나아간다. 보고
있지만 보지 못하는 상태로 풍경들을 흘려보낸다.
거리의 속도는 여자의 것과 달라 멀미를 한다.
산다는 건 불완전해서 오류를 가진다. 생각은 살아온
날들의 퇴적이다. 생각은 과거에서 태어나고 살아온
날들만큼의 오류가 있다. 이해는 과거로부터 반추된
판단. 무엇이든 이해해야 잠이 오는 여자는 불면이다.
아침 해는 사람들의 엉덩이를 두드리며 노동을
재촉한다. 여자는 해가 떠도 꼼짝 안 하고 있다.
엉덩이를 바닥에 깔고 앉아 세운 무릎을 잡은 채 그렇게.
해는 더 이상 여자를 재촉하지 않는다. 여자는 자신의
들숨과 날숨을 조이는 것은 삶 때문이라고 생각했는데
문득 자신 때문이라 느낀다.

'본능은 내 역사에 길들어져 있다'

우리의 삶은 엉망진창으로 아름답다

본능은 생각보다 본능적이지 않다. 본능의 어딘가는 길들어져 있다. 나 자신이 몸보다 작은 폴라티셔츠처럼 느껴진다. 답답하고 숨쉬기가 불편하다.

자아와 자신 사이의 블랭크. 여자는 생각한다. 틀이나 관념도 없는 상태를. 자유로움을. 스스로를 검열하지 상태를. 의식의 바깥을. 갓난아이와 같은 야생의 본능을 생각한다. 언어도 역사도 없는 태초의 상태를 희망한다.

여자는 밤을 입고 나를 벗는다.

뜨 지 못 한   예 술 가 의
꿈 은   냉 동 실 에
넣 어 요

뜨지 못한 털실들을 서랍에 넣는다. 아무것도 아닌
동시에 무엇이든 될 수 있는 상태로 서랍에 있다.
손가락질받는 뜨지 못한 예술가는 서랍에 들어간다.
아무것도 아닌 사람이 된다. 무엇이든 될 수 있는 사람이
된다. 무엇이든 될 수 있는 상태로 얼마나 살 수 있을까?

"언니는 천성이 맑고 순수해."

피를 나눈 동생은 말했다. 끼리끼리 모여서 그런지
곁에는 서로만 알아보는 투명한 사람들이 빽빽하다.
빽빽한 사람들 틈에 지하철 손잡이를 잡고 흔들리며,
바지에 감춰진 무릎 위 멍을 훈장처럼 가진 채 살아간다.

"도화지 하나면 하루를 보내던 시기는 지났잖아."

우리의 삶은 엉망진창으로 아름답다

당신의 말처럼 그렇다. 장래 희망의 장래가 이미 지나버린 나이에 접어든 사람에게 꿈이란 희망이 아니라 현실이어야 한다. 일이 되지 못한 희망을 붙잡는 사람은 누군가의 '쯧쯧'이 된다.

"로또나 돼라. 나이 들면 그런 게 꿈이지 뭐."

쯧쯧이의 세계와 당신 세계의 희망은 같은 건지도 모른다. 까치발을 들고 뛰어보지만 늘 한 뼘 높은 선반 위 과자처럼 닿을 수 없다. 오랜만에 동생과 통화를 했다.

"눈사람을 만들잖아. 손이 언 지도 모르고. 나에겐 이제 그런 내가 없어. 눈사람을 만들던 마음을 가진 내가. 언젠가 녹아 무너지는 걸 아니까. 그러니까 글을 쓰거나 그림을 그리는 일은 이미 무너진 현실을 인정하지 못하는 그냥 알량한 자존심 같은 거지. 그냥 그렇게라도 살아보는 거야. 녹아서 사라질 무언가를 붙잡고."
"언니, 냉동실에 넣어야 해. 녹지 않게. 그렇게 간직하는 거 같아. 현실에서 꿈은."
"오! 뜨지 못한 예술가의 꿈은 냉동실에 넣어야겠다."

냉동실에 들어가면 무엇이든 나오는 법이 없으니 조심하면서….

치 열
한 타 협

산다는 건 쓴 커피와 달콤한 케이크를 함께 먹는
것과 같다. 쓰기만 한 순간도, 달기만 한 순간도 없다.
익숙해진 쓴맛과 찐득한 단맛이 입가에 맴도는 것처럼
삶도 그렇다.

살다 보면 사랑, 꿈, 생계 어느 하나 소중하지 않은
것이 없는 순간을 맞이하게 된다. 마흔 즈음이 씁쓸한
것은 운명처럼 갑자기 찾아온 사랑도, 무언가를 향해
돌진할 무모한 열정도, 포기할 용기도 결핍되어 간다는
사실을 알기 때문이다.

적당히 품위를 유지해 주는 생계를 위해 적당히
비위도 맞추며 그렇게 적당히 타협이라는 것을 하며
산다. 삶에서 타협이란 함께 좋은 것을 찾아가는

우리의 삶은 엉망진창으로 아름답다

합의점이 아닌, 나의 어떤 부분을 포기해야 하는 경우가 많다.
타협에는 허무를 건디는 무게가 실려 있다.
　무엇에 무게를 실어 살았는지에 따라 갈라진 서로의 삶을
이어주는 것은 아파트 가격이나, 학군, 늦지 않기 위한
몸부림에 관한 수다밖에 없다.

　나이가 들수록 겁이 많아져서 마음을 타인에게 보여주는
것은 어렵다. 적당한 타협이 '치열'이란 이름 안에 산다.

결 국 은
잘   버 는   일

젊은 예술가는 장인정신으로 우직하게 가구를 만들어
낸다. 가구 공방에 놀러 간 날 선배는 말했다.

"이 일을 하기 위해 가장 필요한 것이 뭔지 아니?"
"재능? 돈?"
"아니. K의 인내심."

선배는 10년 넘게 함께 사는 언니의 이름을 대며
말했다.

주변 사람들이 회사를 그만두고 '내 것'을 하기
시작한다. 차장 즈음 마음을 먹고 실장 즈음에서
시작하는 것 같다. 세상은 차장 몫을 하는 대리면
충분해서 꼬깃꼬깃하게 품은 '내 것'들이 주머니에서
나온다.
우리는 좋아하는 일과 잘하는 일 사이에서 방황하곤
하지만, 좋아하는 일을 들여다보면 실은 잘하는

일이기도 하다. 좋아하는 일이란 그 일을 즐길 수 있을 만큼의 어리숙한 시간을 참아낸 '잘하는 일'이다. 좋아하는 일, 잘하는 일. 두 일 모두 어느 지점에 이르면 경계가 흐려진다.

　마흔 즈음에 잘하는 일이란 '잘 버는 일'이다. 좋아하는 일과 잘하는 일 사이에서 방황하는 것이 아니라 '좋아하는 일'과 '잘 버는 일' 혹은 '잘은 버는데…'와 '돈은 안 되는데…' 사이에서 방황한다. 슬프게도 그렇다. 우리 모두의 소망은 성공이고 돈을 많이 벌수록 성공했다고 사람들은 말한다. 성공은 그 형태가 다 다름에도 불구하고 결국은 돈으로 쉽게 평가되곤 한다.

　'내 것'들은 세상에 나왔다가 그렇게 사라진다. 돈이 되지 않아서…. 돈이 많다고 행복하지는 않다. 행복할 만큼 돈이 있다면. 생계는 '내 것'보다 강하다.

　더러워서 때려치우고 싶던 남의 밑이 그리워질 때 우리는 서럽다. 세상에 나온 돈은 안되는 '내 것'들이 모두 살아남았으면 좋겠다.

타 인
의   결 점

"멸치는 안돼!"

당신은 부엌에 있는 내게 부리나케 달려온다.

"멸치 이거 다 볶은 거야? 이 많은 걸? 요리는 하지
말랬잖아. 상아야. 조리만 해. 조리만. 비싼 재료는
건들지 말라고 했잖아. 먹고 싶으면 나한테 말하라니까."
"아니 오빠, 잘하고 있는데 왜 그래?"
"냄새부터 잘못됐어."
"오빠가 개도 아니고 왜 냄새로 맛을 봐!"

우리의 삶은 엉망진창으로 아름답다

당신은 프라이팬만 바라보며 말한다. 얼굴에 인상을 쓰고
완곡한 어조로 꽤 진지하다. 나는 그런 당신이 재미있다. 아직
볶기만 한 멸치를 바라보며 이건 못 먹는 것이라며 버리려고
하기 전까지는….

사람의 어딘가는 충분치 못하다. 불완전함은 우리를
개개인이 되게 한다. 개인의 결점은 인간이란 존재에 규격이
없게 해준다. 결혼 전에는 우리를 미소 짓게 만들던 서로의
틈들이 결혼 후에 받아들이기 힘든 것은, 결점이란 결국 타인의
생활이기 때문이다.

생활은 누군가의 역사다. 생활은 스노우볼에 넣어놓은
누군가의 삶이다. 삶은 광활하지만 생활은 개인의 우주를
들여다볼 수 있게 한다.

나의 역사는 운전하지 못하는 당신이 낯설고, 당신의
역사에서는 자전거를 타지 못하는 내가 낯설다. 당신의 역사는
기본 요리조차 못 하는 나의 역사가 낯설고, 나의 역사는
집안일을 하는데 많은 시간을 쓰는 당신의 역사가 낯설다.

결점이란 못하는 것만이 아니라 잘하는 것일 수도 있다.
정리 정돈을 잘하는 당신의 깔끔함이, 완벽주의적인 당신의
성향이 결점이 될 수도 있다. 나는 당신이 잘하는 것들을
당신의 결점으로 느끼고, 당신은 아마도 내가 못하는 것들을 내
결점이라 여겼으리라.

사람에게 난 작은 흠집들.

완전함은 우리 서로의 몫이 아니다. 벌어진 틈들로 우리는
아름답다. 흔들리는 무대에서 춤을 추는 우리는 똑바르지 않다.
당신은 틈들을 정교하게 메꾼다. 틈이 없길 바라기 때문이다.
나는 벌어진 틈들을 그저 거기 둔다. 그대로 두는 일은
고통스럽다. 내 우주는 매끄럽지 못한 형태이다.

우리는 때때로 우스꽝스러운 몸짓으로 살아간다. 휘청거리는
것은 우리가 흔들리는 무대에서 춤을 추고 있기 때문이다.

우리의 삶은 엉망진창으로 아름답다

오
해

당신은 늘 당신이었으나 내 속에 사는 당신은 당신이
아니다. 사람에게 있는 그대로의 모습이 과연 있을까를
생각한다. 누군가를 알아가는 일이란 책의 어떤 부분만
계속해서 읽는 일이다. 보고 싶은 모습을 계속해 읽어서
그 부분은 모르는 것이 없지만 나머지 부분은 온전히
모르게 된다.

당신 속에 사는 나 역시 당신이 계속해서 읽어낸 나의
어떤 부분이다. 그렇게 나는 발견되어 진다. 살아가며
누군가가 나를 읽고 나는 나의 모습을 하나씩 더 얻는다.
내가 희미해질 때 당신은 나를 발견한다. 스스로가
발견한 나의 모습보다 근사하다.

오해는 당신이 발견한 나와 스스로가 발견한 나
사이의 간극이다. 오해는 타인을 향한 관심이고
사랑은 타인을 향한 깊은 오해이다. 실망은 상대의
잘못이기보다 대부분 나의 오해에서 시작한다. 사람

우리의 삶은 엉망진창으로 아름답다

사이의 관계란 오해와 실망을 껴안을 만큼의 애정인지도
모른다.

　당신은 나를 이해할 것이라는 오해에서 사랑 같은 것이
시작되었다. 외면하고 싶은 나 자신의 못난 모습까지도 당신은
이해하는 것 같았다. 마음대로 착각하고 환상을 품고 그렇게
당신의 어떤 부분만 읽는다. 그리고 그 모습이 당신이 아니라고
한다. 변했다고 서운해한다.

　타인에게 온전히 이해받을 수 없다는 것을 잘 알면서도
서로에게 서운한 것은 우리는 사랑을 하고 당신은 타인이
아니기 때문이다.

　나는 사랑의 어떤 부분만 계속해서 읽는다.
　나는 사랑의 어떤 부분은 온전히 모른다.

외
로 움 과
원 망

거실 창으로 햇빛이 들어온다. 남자는 거실 곳곳에
놓인 식물들에 물을 주고 있다. 여자는 방금 사 온 빵과
샌드위치를 테이블 위에 놓는다. 남자는 샌드위치를
여자는 머핀을 먹는다. 옛날 예능을 보며 간간이
깔깔거린다.

일요일 오전의 소소하고 평온한 일상이다. 하지만
천천히 들여다보면 TV를 보며 깔깔댈 뿐 서로 오가는
말이 없다. 웃음 사이사이 긴장감이 배어 있다. 여자와
남자 사이에 알 수 없는 긴장이 생긴 것은 결혼하고 1년
반쯤 지나서였다.

신혼 초에 하는 기 싸움 정도라고 생각했는데
투덕거리는 시기가 지나가자 언어의 자리에 불편한
기류가 찾아왔다.

우리의 삶은 엉망진창으로 아름답다

여자는 한 사람과 오랫동안 사랑하면 안정되고 편안할
거라고만 생각했다. 사랑이 평온할 때는 상처받지 않을 만큼의
마음만 내주었을 때다. 마음을 내어 줄수록 상대의 한 마디
한 마디에 흔들린다. TV가 켜진 거실의 소파에 앉아 각자의
핸드폰만 보는 사랑하는 남녀 한 쌍이 있다.

"언제 내 이야기 듣기나 했어?"
"도대체 나보고 어떻게 하라고?"
"니가 언제 내 생각을 하기나 하니?"

혼자 있을 때 외로움은 견뎌지지만 사랑하는데 외로움은
상대를 원망하게 된다. 결혼하고 지내다 어느 순간 억울한
기분이 드는 것은 외롭기 때문이다. 같은 침대를 쓰는 사랑하는
사람이 곁에 있는데 외로운 것은 몹시 억울하고 받아들일 수
없다. 서로는 마음에 날을 세우고 상처 주는 말들을 거리낌
없이 뱉는다.

우리는 사랑하기 때문에 간섭하고 강요한다. 살피고
염려하고 걱정하기 때문이다. 사랑하기 때문에 모든 것을
이해받을 수 있다고 여기곤 한다. 나는 나이지만 너도 나와
같기를 바란다.

깊은 사랑에는 얼마간의 증오가 있다. 애증은 아름답고
고통스럽다.

WE

상 상   하 는
말

"오늘 좀 피곤해."
"가기 싫으면 가기 싫다고 말해도 돼."

　타인의 말을 상상하기 시작하면서부터 마음은
어긋난다. 살아가면서 만나는 거의 모든 것은 언어다.
표정, 목소리 톤, 찰나의 침묵. 우리는 섣불리 상대의
속뜻을 이해했다고 믿는다. 보고 듣고 느낀 것이기에
맞는다고 생각한다.
　믿음은 그러고 싶은 것. '믿고 싶은 것'을 믿는다.
믿음은 너무도 개인적이고, 언어에는 주관적인 관점만
있다.
　우리는 서로의 말이 그런 의미가 아니었다는 것을
설명하기 위해 감정과 시간을 소모한다. 모든 말에서
속뜻을 찾아내려 한다. 겉뜻과 다른 속뜻이 있다고
생각하는 데는 서로를 향한 허약한 믿음 때문일지도
모른다.

　　　　　　　　우리의 삶은 엉망진창으로 아름답다

한마디 말로 소설을 쓰기도 하고 소설처럼 긴긴 말을
무시하기도 한다. 피곤하다고 말했을 뿐인데 당신의 마음을
마음대로 상상하고 서운해한다.

잡은 물고기가 된 내 처지를 비관하기도 하고 살도 찌고
꾸미지 않은 모습만 보인 나를 탓하기도 하고 사랑의 한계를
생각하다 이런 생각을 하게 한 당신을 원망하기도 한다.

나의 언어는 뱉는 순간 타인의 언어가 된다. 당신의 언어
역시 나의 언어로 해석된다. 그 간극에서 서로에 관한
오해는 필연적일 수밖에 없다. 우리는 서로의 말을 곱씹고
상상하는 데 너무 많은 에너지를 쏟는다.

당신의 언어를 당신의 언어로 받아들이는 연습을 한다.
이로써 우리의 삶은 훨씬 심플해질 수 있다.

외
로 움

당신과 살면서 나는 당신 물건들이 싫었다. 매일 문
앞에 몇 개씩 쌓여있는 택배를 보면 화가 났다. 물건들은
꼬리를 물고 집으로 들어왔다.

식물은 그것의 극단적 형태였다. 베란다와 집안
여기저기 놓여있는 화분을 세 보니 200개가 넘었다.
드라코처럼 커다란 화분부터 작은 다육이까지. 밤에는
광합성 전구 때문에 보라색이었고 겨울엔 베란다용
온실을 들였다. 이따금 벽에 걸린 벌레 퇴치기에서 딱딱
소리가 났다.

당신은 아침 6시면 일어나 식물들에 물을 주고
잎사귀에 앉은 먼지를 닦기도 했다. 한쪽만 잎이
무성하면 반대쪽 잎을 햇빛을 받게 방향을 돌려주며
정성을 쏟았다.

어느 날부터 식물들이 꼭 당신의 울음처럼 느껴졌다.
소리 내어 울 수 없는 사람의 소리 없는 울음 같은.

퇴근하고 돌아온 당신이 소파에 늘어진 채 멍하니
있다가 이따금 기운을 차리고 마른 잎을 잘라주거나
흙을 갈아주고 일찍 잠자리에 들 때 나는 가끔 쓸쓸한

우리의 삶은 엉망진창으로 아름답다

기분이 되었다. 당신이 잠든 밤의 거실에는 보라색 불빛이 새어
들어온다.

우리는 매일 함께 저녁을 먹고 장난을 치고 웃는다. 매일매일
같은 날처럼 달라진 것이 없는데 우리 사이의 무언가는
달라지고 있다.

발 디딜 틈 없이 수많은 화분은 당신의 외로움과 결핍의 개수
같았다. 외로움 같은 쓸쓸한 마음들은 매일 성실하게 식물들을
돌보는 일과로 아무것도 아닌 게 되었다. 당신을 아무렇지도
않게 만들고 있었다.

나는 가끔 소리 내어 울었지만, 당신은 식물들을 돌보고
부엌에 눌어붙은 기름때를 지우고 옷장에 있는 옷들의 간격을
맞추고 핸드폰으로 무언가를 보고 그랬던 거 같다.

That day
our heartbeats
ran
a bit faster than
usual

Chapter 2

●

그날
우리의 호흡은
조금 뺄랐다

결혼
의　　조건

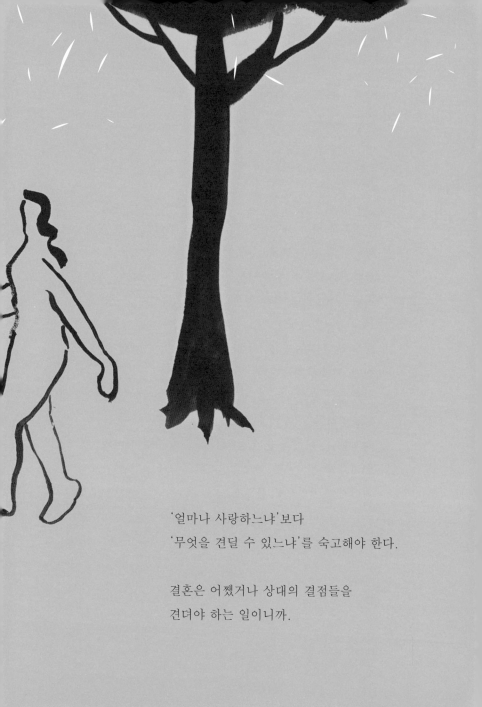

'얼마나 사랑하느냐'보다
'무엇을 견딜 수 있느냐'를 숙고해야 한다.

결혼은 어쨌거나 상대의 결점들을
견뎌야 하는 일이니까.

외
면

　결혼을 하자 사람들은 "주말에 뭐 했어?", "그 영화
봤어?"와 같은 무게로 아기를 언제 낳을 건지를 묻곤
한다. 전세인지 자가인지, 얼마짜리인지, 커리어부터
자녀 계획, 먹고 사는 일까지 궁금한 게 많다. 순수하고
무례한 사람들. 알고 있다. 그들은 나와 대화가 하고
싶을 뿐이라는 것을. 아이러니하게도 나와 친밀해지고
싶어 내게 무례해진다.
　극장의 팔걸이는 내 것인지 옆자리 사람의 것인지
불분명하다. 팔걸이를 사이에 둔 팔꿈치를 내 몸은
의식한다. 어깨가 불편해진다. 사람과 사람 사이의
심리적 안전선이란 그렇다. 나를 얼마나 침범했냐 보다
의식하는 것만으로 불편해진다.

　"생기면…"

　　　　　　　　　　　　우리의 삶은 엉망진창으로 아름답다

당신은 답한다. 살면서 알게 된 건 무례한 사람들은
대부분 외로운 사람이라는 사실이다. 그들은 우리가 함께한
시시콜콜한 사건들을 몰라서 일방적이다. 소외되고 싶지 않아
권위적이기까지 하다.

"너, 지금 낳아도…"

모르지 않는다. 다만 에두른 말로 미뤄 놓고 마주 보지
못하는 우리의 현실이라는 것도.

우리가 짊어진 짐의 무게를 재면 우리가 감당할 수 없을 만큼
무겁다는 게 사실이 될까 봐 우리는 외면한다.

꿈

　벌써 몇 번째 꿈을 연장하고 있다. 이미 깨어있다는
것을 알고 있지만 눈을 뜨지 않는다.
　꿈속에서도 내 어딘가는 여전히 괴롭다. 언제까지
꿈속에 머물 수 없다는 것을, 이제 깨어나야 한다는 것을
알기 때문이다.
　고개를 돌려 낙원 같은 날들을 본다. 무엇이든 극복할
수 있을 것처럼 설레던 어제가 갔다. 똑바로 바라보면
좌절 같은 현실이 내 것이 될까 봐, 이미 내 몫의 현실인
오늘을 바라보지 못한다. 너무도 잘 알아서 외면한다.
극복되기 힘든 한계를. 현실에서 위치를. 내 몫의
좌절을. 이 무기력함을.

　우리의 삶은 엉망진창으로 아름답다

사 랑
먹 먹 한   그 것

당신을, 우리를 오랫동안 생각하면
나는 먹먹해진다.
내가 쥔 패를 다 보여주는 것 같은
몇 평짜리 아파트 삶.
현실의 사랑은 생활이 생략되지 않는다.
우리의 삶은 어떤 것도 생략되지 않는다.

우리의 애정은
코끝이 알싸해지는 것을 가지고 있다.
살아가며 우리는 등가 교환이 될 수 없는 것들을
주고받으며 슬퍼할 것이다.

따스하고 쓰라린 것들에 나는
가장 연한 살을 비벼 댈 것이다.

All
or
Nothing

  복도에 앉아 벌써 몇 번째 같은 안내문을 다시 읽고
있다. 으레 있어야 할 걱정과 초조함 대신 설렘과
기대를 한 얼굴들. 아프지 않고 병원에 올 일. 그것도
기꺼이 기쁘게 올 일의 가지 수를 생각하다 당신과 눈이
마주친다.
  누군가의 아내라서 읽어낼 수 있는 미묘한 표정이
있다. 괜찮은 척하지만 상당히 상기된 당신의 얼굴이
그렇다. 당신은 내 손에 있는 종이들을 가져가더니
반으로 접고 또 반으로 접더니 주머니에 구겨 넣었다.
그러곤 내 손을 잡는다.
  얼굴보다 혹은 가슴보다 배가 먼저 문을 열고 나온다.
그녀들의 동그란 배를 그리고 손에 쥔 산모 수첩과
초음파 사진을 내 눈은 눈치 없이 따라간다. 서른일곱의
나이에 임신이란 그렇지 않으려 해도 노심초사하게 되는
그런 면이 있다.

우리의 삶은 엉망진창으로 아름답다

"All or Nothing"

의사는 포스트잇에 줄줄이 적어간 정신과 약들의 이름을
보며 말한다. 수정 2주, 생리 예정일로 계산한 임신 4주까지는
약물로 인해 세포가 피해를 보면 유산이 되고, 그렇지 않다면
약물로 인한 기형의 위험 없이 자랄 수 있다고 한다.

내 과거가, 아직 존재하지 않는 미래의 사람에게 아무런
영향을 미치지 않아서 그리고 지금, 현재의 내가 할 수 있는
일이 있다는 것이 얼마나 다행인지를 생각한다.

할 수 있는 일이란, F코드를 가진 약, 담배, 한 잔 이상의
커피를 하지 않는 거다.

반
짝 반 짝
작 은   별   아 름 답 게
비 치 네

까만 화면에 반짝반짝 작은 별이 아름답게 비친다.

초음파실 선생님은 아기의 심장이 뛰는 것이라고
한다. 밤의 호수에서 당신과 별똥별을 기다리며
소원을 빌었던 어떤 날을 생각한다. 우리의 밤하늘엔
언젠가부터 별이 뜨지 않았다. 핸드폰의 불빛이 아니면
서로를 볼 수 없던 밤의 호숫가, 우리는 선 채로 서로를
안고 별을 올려다보았다. 사람들의 소망을 먹고 빛나는
별들이 이곳엔 이렇게도 빼곡하다. 날들이 흐를수록
우리는 별을 바라볼 마음을 잃었는지도 모르겠다.

우리의 삶은 엉망진창으로 아름답다

소원이나 소망 같은 것을 미리 준비해 놨어야 했는데 그저
행복하게 해 달라고 빌었다. 건강을 빌거나 부자가 되게 해
달라고 하면 좋았을걸. 행복 같은 건 이루는 게 아닌데 그때는
몰랐다. 이따금 살을 쏘는 모기를 손으로 털어내며 수많은
사람의 소망을 그렇게 한참을 바라보았다. 아직 이루어지지
않은 간절한 마음들이 어둠 속에서 반짝인다. 가끔 아름다운
것들은 슬프다. 별들도 그랬다.

우렁차게 쿵쾅거리는 작은 별이 우리의 밤하늘에 비친다.

검사를 마치고 침대를 내려오며 신발에 발을 끝까지 넣지
못한 채 뒤꿈치를 들고 걷는다. 초음파 사진 속의 별은 점이다.
점은 태아라 불린다.
당신은 서둘러 전화를 한다. 빈자리가 많지만 서성대며 말을
이어간다. 상기된 목소리에 기쁨이 흘러넘친다. 태아라고
불리지 못하는 시절. 임테기에 두 줄이었을 때, 아기집만
있었을 때, 사람 일 혹시 모르니 아직 알리지 말아 달란 나의
당부까지 더해 임신 소식을 전했다.
서로를 배려해서 숨겨놓은 소망이 우리의 까만 밤하늘에
떠올랐다. 누구에게도 향하지 않은 감사함을 처음 느낀다.

그날 우리의 호흡은 조금 빨랐다.

특별하거
나 평범하거나

　하루는 밥을 푸다 분식집에서 떡볶이를 담아줄 때
그릇에 비닐을 씌워 담아주고 다 먹은 후 비닐만 쏙
벗겨서 그릇을 사용하는 게 떠올라 밥그릇에 비닐을
씌웠다.
　당신은 경악했다. 당연한 말이지만 비닐에 밥알이
들러붙어 먹는 게 불가능했다. 얼마나 게을러야 이렇게
창의적으로 되냐고 당신은 웃으며 말했지만 무언가
경멸하는 눈빛도 느껴졌다.

　특별한 일을 해야 특별해지는 줄 알았다. 평범한 삶은
시시하고 불행할 것이라는 편견이 있었다. 결혼, 살림,
육아 같은 일들. 여자의 희생이 담보되는 삶의 형태.
엄마의 삶으로 대표되는 삶이 그랬다. 그런 생각들은

　　　　　　　　우리의 삶은 엉망진창으로 아름답다

내 머릿속에 살림＝희생＝불행 같은 이상한 등식을 성립하게
했다. 나는 결혼을 늦추고, 결혼하자 임신을 늦췄다.

　나 자신이 특별하다고 생각했다면 평범한 일들을 싫어하지는
않았을 것 같다. 당연한 일들을 거부하거나 특별한 일들을 찾아
헤매지도 않았을 것 같다.

　불행히도 나는 내가 평범하다고 생각했고 그것들을 감추는
데 너무 많은 시간을 허비했다.

　살아보니 특별함과 평범함은 서로 반대말이 아니었다.
　서로 같은 말이기도 했다가
　서로를 품고 있는 말이기도 했다가
　다른 말이기도 했다.

평
범 함

누구도 평범함을 목표로 삼지 않는다.
그래서 실패처럼 느껴진다.

　　　　　　　우리의 삶은 엉망진창으로 아름답다

미 루 어
보 는   슬 픔

이륙 전 승무원은 비행기가 추락하는 동안 어떻게
해야 생명을 구할 수 있는지를 설명한다. 시트 포켓에
있는 비상 탈출 안내서 역시 그렇다. 질서정연하고
단조로운 설명. 거기엔 추락의 현장이 빠져 있다. 입덧이
그랬다. 나는 아비규환의 지옥 속에 있고 타인에게
입덧은 비상 탈출 팸플릿의 그림과 같은, 요동 없는
느낌이었던 거 같다. 누군가의 고통을 이해한다는 건 딱
그 정도인 거 같다.

입덧이 시작되자 울렁임에 서 있을 수도, 앉아 있을
수도, 누울 수도 없었다. 모든 순간이 고통이었다.
때때로 숨이 쉬어지지 않았다. 연달아 3시간 이상
잘 수 없었다. 자는데 울렁거려서 자꾸 눈이 떠졌다.

"너 정도면 괜찮은 거야, 입덧이 다 그렇지 뭐."

사람들은 착각한다. 의도가 선하면 결과 역시 선할 것이라고.
누군가를 상처 내는 말 대부분은 의도가 선하다. 위로는
말하기보다 듣기인데 아무도 나를 들으려 하지 않는다. 아픔에
귀 기울이지 않은 위로는 의도가 선한 칼이다.

타인의 슬픔은 나의 슬픔에 미루어 볼 뿐이다.
아픔은 지극히 개인적이라 당신에게 닿지 못한다.
당신은 나의 어떤 아픔을 모르고
나의 힘듦은 당신이 느끼는 것과 같지 않음을
당신이 알아주길 바란다.

곁에 있었으면 좋겠다.
아무 말 없이 그저 꼭 안아 주었으면 좋겠다.

우리의 삶은 엉망진창으로 아름답다

사 소
한   일 들

사소한 것들에 마음이 담기면 특별한 것이 된다.

손목이 아픈 나를 위해
생수병의 뚜껑을 모두 따 놓고
출근한 오늘 너처럼.

문득 생수병을 보며
오늘의 따스함을 떠올릴
어느 날의 나처럼.

의 도   없 는
폭 력

컹컹. 돼지 콧소리, 너무 웃기면 나는 돼지 콧소리를
낸다. 당신이 실없이 웃겨서, 나는 오늘 돼지가 되었다.

"하하하하하하컹컹크윽크윽"
"크윽크윽커억커억"

웃다 보니 기침이 난다. 기침을 했을 뿐인데 다리에
뜨거운 무언가가 흘러 내린다. 물이 흘러 내린다. 소변이
흐른 걸까? 아니 그럴 리가 없다. 양수가 샌 것인가?

아니 그럴 리도 없다. 나는 본능적으로 소변이라는 것을 알지만 인정할 수가 없다. 당신 앞에서 소변이 샜다. 소변은 다리를 타고 내려와 바닥에 고인다. 바지가 젖었다. 나는 화장실로 달려간다. 당신이 미처 보지 못했기를 기대하면서….

미처 알지 못했다. 퉁퉁 붓고 저리는 팔다리. 환도선다라고 불리는 골반 통증. 몸서리치게 가려웠던 소양증. 손목을 칼로 쑤시는 듯한 건초염. 조금만 걸어도 차던 숨. 시도 때도 없이 넘어오던 위액. 요실금. 치질. 질염. 탈모…. 임신은 나의 수치심과 계속 만나는 경험이라는 것을. 나는 지금 종족을 보존하려는 동물, 포유류 그 이상도 그 이하도 아니다.

임신하기 전에는 보이지 않던 것들이 이 세계에서는 너무도 자연스럽다. 수정되고 배아가 되고 태아가 되고…. 시험을 위해 외우던 것 이외에 여자의 몸에 일어나는 이렇게나 많은 일이 나를 당황하게 한다. 왜 아무도 알려주지 않은 걸까? 나는 왜 이런 것들을 모르고 있었을까? 나는 무지했다. 알려고 들지 않아서 알 수 없었다. 너무 몰라서 알려고 할 수 없었다. 지금까지 받아온 임신에 관한 교육에 여자의 고통은 빠져 있다. 나에겐 당연한 것이 아닌데 모두 당연하다고 말한다. 고통은 자신의 것이 되기 전까지는 아무런 힘이 없다.

늙는다는 것에 대해 생각한다. 대소변을 내가 컨트롤할 수 없는 순간, 나 아닌 타인들은 무감각하게 바라볼 수명이 가까워진 신체의 한계들. 나는 당연하지 않지만, 모두가 당연하게 생각할 신체적 고통과 심리적인 아픔들.

나는 문득 슬퍼진다. "늙으면 다 그렇지 뭐."로 당연하게
치환될 아픔과 고통이 섬뜩하게 느껴진다. 할머니가 입원해
있는 요양 병원이 생각났다. 요양 병원과 나란히 붙은
장례식장. 창문을 열고 바라보면 코앞에 보이는 옆 건물.
편리하고 잔인한 사람들.

사람들은 타인의 고통에 관심이 없다.
그래서 의도 없이 폭력적이다.

우리의 삶은 엉망진창으로 아름답다

화장실 앞에서 다리가 풀렸다. 나를 안고 정신 차리라고
울먹이는 당신의 말이 간간히 들린다.

"괜찮아. 괜찮아."

그 말이 꼭 마법사가 외는 주문 같다. 알고 있다.
임신한 내게 쓸 수 있는 정신과 약은 없다는 것을.
발작이 심해서 실려 가면 맞곤 하던 아티반 주사 역시도.
할 수 있는 게 없어도 병원에 가야 할 것만 같다.
그곳에선 아무 일도 일어나지 않을 것 같다.
정신 차리라고 괜찮아질 거라고 당신은 그렇게
되뇐다. 나에게 하는 말인지 당신에게 하는 말인지
모르겠다.

두렵다. 지금까지와는 다른 차원의 두려움이다.

아기가 어떻게 될까 봐. 배에 힘을 주지 않으려 노력하지만
자꾸 힘이 들어간다. 괜찮아질 거라는 당신의 마법 주문이
이루어져야 한다. 뽀로로롱 하고 마법 봉을 휘두르면 아무 일도
일어나지 않는 어린 시절 만화 영화처럼 그렇게 되어야 한다.
우리는 서러운 밤을 견딘다.

　뜬 눈으로 아침을 맞이한다. 당신은 월차를 내고, 나는
기운을 낸다. 산부인과에 가서 상담하지만 역시 뽀족한 수가
없다. 의사가 난감한 표정을 짓는다. 나와 증상이 같은 산모를
만나보지 않은 모양이다.

　감당할 수 없는 일들이 피할 길도 없이 놓여 있다. 하지만
지금 우리는 웬일인지 아무런 망설임 없이 믿는다.

　괜찮아질 거라고 그럴 거라고.
　당신과 나는, 우리답지 않게 꽤 희망적으로 굴고 있다.

색 다
른   공 황

　　몇 년간 한 정신분석 세션에 가는 일에 거부감이 인다.
스스로 부정을 똑바로 바라보는 일은 마음을 극도의
불안으로 몰아세운다.
　　임신한 여자에게 흔히들 건네는 좋은 것만 보고 좋은
생각만 하고 좋은 것만 먹으라는 말처럼 그래야만 할
것 같다. 부정을 떠올리는 것만으로도 나의 지금이
다 깨어질 것만 같은 불안. 선생님은 왜 그런 감정이
드는지에 대해, 임신으로 달라질 삶에 대해 일주일간
이야기 나누고 세션을 마무리하자고 하셨지만
일방적으로 세션을 그만두었다.

우리의 삶은 엉망진창으로 아름답다

나는 다른 형태의 불안과 공황을 경험하고 있다. 긍정적이지 않으면 안 될 것 같은 그런 불안. 아무리 긍정의 감정이라도 그것이 나를 압도한다면 그것은 부정의 감정과 같다. 예전의 내가 절망에 있는 것 같았다면 지금은 희망에 있는 것 같다.

나는 희망으로 기쁨으로 불안하다.
나는 정반대의 감정으로 공황을 경험한다.

평
온

천국이 있다면 마음속의 평온이고,
인생에서 불가능한 것도 인간의 평온이다.

타 인 을
위 한   변 명

    토요일로 병원 예약을 잡고 싶은데 이미 초음파실 예약이 꽉 찼다. 당신은 회사에 연락하고 스케줄을 조정한다. 우리는 2주 뒤 월요일에 병원에 올 것이다. 엄마 아빠만 알아본다는 흑백의 사진을 보며 '코가 누굴 닮았네'와 같은 이야기를 할 것이다.

    당신은 늘 달려왔다. 점심을 못 먹고 있을 때도, 길을

        우리의 삶은 엉망진창으로 아름답다

가다 숨을 쉬지 못할 때도, 회사에서 발작할 때도, 병원에 실려 갔을 때도. 당신은 나타났다. 테이프로 돌돌 말아놓은 1+1 상품처럼 늘 내 옆에 있었다.

제주도에 있는 친한 지인의 모친상에 꼭 가야 한다고 말했을 때도 당신은 묵묵히 옆에 있었다. 급하게 월차를 쓰고, 비행기를 타고, 택시를 타고, 장례식장의 갈치 미역국을 먹었다. 그리고 나는 미역국 한 그릇을 더 먹었다. 사실 그때의 기억이 없다. 기억나는 건 눈을 뜨니 장례식장 로비의 소파에 누워 있었고 괴로웠고 당신이 옆에 있었다는 것이다. 당신은 제주도의 장례식장이라고 말해줬다. 어떻게 왔냐고 묻는 내게 비행기를 타고 택시를 타고 왔다고 했다. 그리고 갈치 미역국이 입에 맞았는지 두 그릇을 먹었다며 장난을 쳤다.

내 기억은 실은 당신의 기억이었다. 그 시절 나는 아팠고 대부분의 일을 기억하지 못했으며 당신이 어떻게 내 옆에 있을 수 있었는지 알지 못했다. 회사 눈치를 보고 부탁을 하고 내가 아니라면 하지 않았을 사과를 많이 해야 했다. 비단 회사뿐 아니라 친구들에게 혹은 함께 간 장소에서 만난 사람들에게도.

타인을 위한 말 중에 자신의 고개를 숙이며 하는 말에 대해 생각한다. 내가 헤아릴 수 없는 당신의 어딘가이다. 자존심이 강한 당신은 이런 나의 상태에 대해 말하지 않았다. 그래서 사람들에게 당신의 말은 변명이었다. 당신이 애써 침묵해야 했던 나의 모서리였다.

당신의 언어를 빌리자면 나는 무언가를 잃어버린 사람처럼 있었고, 사람들의 말을 빌리자면 넋이 나가 있었고, 병원에서는 우울증, 불안장애, 공황장애, 전환장애와 같은 많은 진단명을 받았다.

나는 내가 건네받은 사랑들을 볼 수 없었다.
나는 살아있기 급급했다.

　　　　　　　　　　　　우리의 삶은 엉망진창으로 아름답다

헤
아 리 다

꽤 안다고 생각했는데 가장 바깥쪽의 당신이었다.
다 안다고 생각했을 땐 두세 겹쯤의 당신이었다.

어떤 것이든 오래 생각하면 모르는 게 된다.

기쁨은 바깥 겹에 살고, 슬픔은 안쪽 겹에 산다.
이제야 당신의 슬픔이 보인다.

천만 겹. 억만 겹.
분명한 건 헤아릴 수 없을 만큼이라는 것.

헤아려도 헤아려도
당신의 어딘가에 닿을 수 없다.

우리의 삶은 엉망진창으로 아름답다

버
거 움

"당신 그때 내게 얼마나 모질게 굴었는지 알아?
당신이 희생한다고 내게 상처 줄 권리는 없어."

당신이 업은 내 그늘이 버거워 보인다. 알아서 힘이
든다. 어떻게 해야 하는 걸까? 답이 없는 물음은 한숨
같다.
우리가 계속 부부여야 하는지를 생각한다. 마음이
무른 두 사람이 서로 괴물이 되어가는 것 같아서⋯.
우리가 부부의 의무를 벗고 사랑만 한다면 적어도
서로에게 괴물은 아닐 거 같아서⋯.

"넌 내가 어떤 심정인 줄 아니? 어떻게 사는지 아니?
너 일이라면, 너 아프다면 일하다가 뛰쳐나오는 게
나라고 쉬웠겠니? 나 계속 쓰자는 부장님이 돈 먹었냐는
소리까지 들었대. 근데 어떻게 해. 너는 나 아니면 안
되는데."

더 적은 돈으로 지방 파견을 나가 작은 원룸에서 여섯 달을 보내는 동안 당신은 다른 사람이 되었다. 짜증이 잦아졌고 송곳 같은 말을 하고 가끔은 내 말에 대답하지 않는 것으로 나를 없는 사람 취급했다. 아렸다. 그리고 당신도 아렸다는 것을 이제야 안다.

당신은 내가 잠만 잤다고 했다. 밥 먹는 것도 잊고 냉장고에 음식들이 썩어가는 것도 모르고. 어쩌자고 그날 당신은 내게 연락했을까? 어쩌자고 나는 당신의 연락을 받았을까? 시골에 있는 부모님 집에 간다는 내게 다음날 가라고, 얼굴 보고 가라고 태연하게 말했을까? 나는 왜 알았다고 했을까? 대학을 졸업하고 10년 가까이 안 보던, 아무 사이도 아닌 사람들이었는데 말이다.

그날 이후로 당신은 내가 사는 집에 왔다. 술 한잔하자며, 밥을 먹자며. 어느 날부터 매일 와서 점심을 사주고 돌아갔다. 점심에만 오다가 저녁에도 오기 시작했다. 점심시간에 이렇게 와도 되냐고 물을 때마다 괜찮다고 걱정하지 말라고만 했다.

그때부터였던 거 같다. 당신이 일과 나 사이에서 나를 선택하고 얼마나 곤란했는지. 나는 그 곤란을 얼마나 눈감았는지.

당신은 힘들면 힘들다고 했고 내가 미울 땐 밉다고 했다. 모질게 굴기도 하고 화를 내기도 하고 짜증을 부리기도 했다. 생각해 보면 솔직했다. 어쩌면 당신은 늘 참고 있어서 작은 짜증이 많았는지 모르겠다. 내게 희생하기 때문에 내게 상처를

줄 권리가 있는 것처럼 대한 게 아니라, 예의 차린 말로 자신의
감정을 숨길 만큼 당신은 약지 않았고 순수하고 솔직했다.
　비겁한 건 내 쪽이었다. 그런 당신을 외면했다. 당신이 나
때문에 겪는 곤란함을, 힘듦을 회피했다. 그렇게 비겁하게
굴어서 내 마음이 편하고 싶었던 것 같다.

　어쩌면 나는 아픈 것을 인정하기 싫었고, 그런 내 모습
때문에 힘들어하는 당신을 받아들일 수 없었던 것 같다.

희
망

　남자는 삶에 실망한 채로 오랫동안 머물러 있었다.
이제 막 막차를 놓친 사람이 허망하게 철길을 바라보며
플랫폼에 서 있듯이 그렇게 그 자리에 서 있었다.
　같은 시간에 회사에 가고 퇴근하고 가끔 술을 먹고
매일 무언가를 샀다. 제법 이른 밤 아니 늦은 저녁에
노동을 준비하는 잠이 들었다.

　여자는 발견되었다. 사람들 사이에 끼어 어딘가로
휩쓸려 가던 어느 날. 무언가에 밀려 사람들 무리에서
떨어진 어느 날. 전철에서 내리자 다음 차는 내일
아침에나 온다고 했다. 여자는 아침을 기다리는 일을
포기했다. 아침은 누구에게나 공평하게 오는 게
아니라는 것을 문득 알았기 때문이다. 여자는 남자에게

　　　　　　　우리의 삶은 엉망진창으로 아름답다

발견되었다. 살아가는 게 서서히 죽어가는 일처럼 느껴지던
때였다.

"선배, 농담이나 하고 수다나 떨려면 여기 왜 왔어요?"

당신이 내 목소리보다 훨씬 더 높은 음으로 내 표정보다 더
새초롬한 표정을 하며 당신 기억에만 있는 과거의 나를 한참을
흉내 낸다. 우리는 배꼽을 잡고 웃는다. 당신은 웃음을 머금고
차분한 투로 말한다.

"너 그때, 선배를 쫓아낸 거야. 그만큼 당찼어. 그러니까
돌아와. 원래 너로."

밤이면 당신 앞에 나를 앉혀 놓고 앞으로 말린 내 어깨를
양손으로 잡고 펴 준다. 당신이 내 어깨를 하루하루 펴 줄수록,
스스로가 어깨를 펴는 일을 의식하면서부터 나는 점점 표정을
가지게 되었다. 웃기도 하고 짜증을 내기도 하고 울기도 했다.
그리고 맛을 되찾았다. 짜다 아니다 정도에서 점점 다른 맛들이
느껴졌다. 달다 쓰다 시다 맵다 같은 정확한 맛의 표현들
사이에 있는 맛을 느끼게 됐다.
　어쩌면 우리는 서로의 삶에서 가장 악몽 같은 시간에
만났는지도 모르겠다. 아마도 우리가 사랑할 수 있었던 것은
서로의 어린 시절을 기억했기 때문일 것이다. 비루한 지금이
서로의 진짜 모습이 아니라고 믿게 해주는 증명 같은 사람.

나에게 당신도, 당신에게 나도 서로가 빛나던 시절이었다. 잊혔던 시절의 기억은 희망을 보게 한다. 스물한 살의 내가 그랬듯. 스물넷의 당신이 그랬듯. 우리 자신이 무언가가 될 수 있던 시절의 우리가 되었다.

　당신은 무엇을 증명이라도 하듯 나를 보살폈다. 매일 점심시간에 찾아와 점심을 먹이고 저녁이 되면 저녁을 먹였다. 보호자 명찰을 달고 응급실에서 날을 샜다. 길에서 다리가 풀리면 업고 걸었다. 업어서 화장실에 데려가 변기에 앉히고 볼일을 볼 수 있게 해주었다. 그런 당신 덕에 천천히 기운을 차렸다. 집에서 일하게 되었다. 프리랜서가 되었다.
　당신이 사준 주황색 가죽 마우스 패드, 그것과 세트인 명함 지갑의 모서리가 닳아질 즈음 나는 회사에 들어갔다.

　아마도 우리는 다 되었다고 생각했다.
　그래, 이제 다 되었다.

　　　　　　　　　　우리의 삶은 엉망진창으로 아름답다

MAGNET

희
망   2

가장 어두운 절망은 희망 안에 있다. 희망을 모른다면
절망 역시 모른다.

"괜찮아?"
"괜찮아."

아마도 괜찮지 않아서…. 괜찮기를 바라서….
괜찮냐는 서로의 물음에 괜찮다고 답했는지 모른다.

결혼식을 올리고 신혼집을 꾸미고 매주 주말이면
캠핑을 하러 가던 날들. 서로의 기척만으로도 안심하던

　　　　　　　　우리의 삶은 엉망진창으로 아름답다

날들. 우리가 보낸 그 무사와 평온의 날들은 꿈이었을까? 봄의 따스한 기운에 꾸벅 졸던 낮잠에서 급히 깨어난 기분이다. 폐쇄 병동에 입원하고 혼자서는 서지 못하는 날들을 보낸다. 오늘과 내일을 살았는데 어제를 살아야 한다. 오늘을 위해 가진 모든 것을 써 버려서 다시 어제로 돌아가 괜찮은 오늘로 만들 힘이 없다. 감각은 그것을 알았지만 우리는 인정하지 않았다. 어쩌면 믿고 싶었다. 다시 시작하면 된다고. 예전처럼 다시 힘을 내면 된다고. 괜찮다고. 희망을 잃은 사람의 '괜찮아'는 슬펐다.

당신도 나도 괜찮았다. 괜찮았는데 멍하니 방 안에 있는 날들이 늘어갔다. 피아노 학원에 등록했다. 전자피아노를 샀다. 내가 감히 칠 수 없는 어려운 곡에 매달렸다. 어떤 마디는 손가락이 제대로 움직이지 않아 공책에 작대기로 100을 그으며 연습했다. 당신 역시 괜찮았는데 말이 점점 줄었다. 식물을 돌봤다. 이탈리아산 토분들을 모았다. 새벽에 일어나 물을 주었다. 때때로 화분들의 방향을 햇빛에 맞추어 바꾸었다. 밤이 되면 흙이나 분을 갈았다. 나는 어려운 피아노곡을 악보 없이 칠 수 있게 되었고 우리 집에는 화분이 200개가 넘어갔다. 우리 사이의 말들은 서로에게 전달되지 못하고 허공에 흩어졌다.

아마도 우리는 잘사는 듯했다. 나는 첫 책을 냈고 때때로 전시를 했다. 당신은 점점 높은 직함의 사람이 되었다. 여름이면 해외로 여행을 가고 기념일엔 멋진 곳에서 식사를 했다.

나는 점점 이상적 인간이 되었다. 일상을 살지 못하는
사람이란 의미로. 할 말도 쓸 이야기도 없는데 노트북을 켜고
유치한 쓰레기들을 저장했다. 청소가 중요한 당신은 나의
쓰레기들을 유난히도 싫어했다.

우리는 예민해졌다. 거의 모든 일에서 부딪쳤다. 당신은
더우면 더워서 짜증이 났고 추우면 추워서 짜증이 났다. 나는
그런 당신이 짜증이 났다.

우리의 말들에서 예의가 사라지기 시작했다. 서로가 서로
때문에 다치게 됐다.

우리의 삶은 엉망진창으로 아름답다

숨 겨 진
배 려 와   고 통

당신은 마카오로 가자고 했다. 입덧은 마카오에서도
여전하다. 먹고 토하고 누워있기를 반복한다. 옆에서 잘
자는 당신이 밉다. 호텔 방이 감옥처럼 느껴진다.

나는 당신이 마카오 여행을 가고 싶어 하는 줄 알았다.
당신은 내가 태교 여행을 가고 싶어 하는 줄 알았다.
우리는 둘 다 여행하고 싶지 않았지만 서로를 위해 가
주었다. 아무도 거절하지 않아서 아무도 원하는 것을
말하지 않아서 둘 다 하기 싫은 일을 하고 있다.

우리는 왜 타인의 마음을 묻지 않고 읽어내려 하는

것일까? 아무것도 모르면서 왜 그렇게 알 것 같다고 느끼는 걸까? 왜 말하지 않고 누군가 내 마음을 헤아려 주기를 바라는 걸까?

마음을 미루어 보는 일. 마음을 헤아리는 일은 함께하는 시간이 흐를수록 서툴러진다. 타인의 마음을 읽는 일은 우리가 이미 타인이 아닌 사이가 될 때 단정된다.

'당신은 내가 잘 알아'

'당신은 원래 그런 사람이라…'

서로를 너무 잘 안다고 생각해서, 당신도 나와 같다고 생각해서, 너무 사랑해서 우리는 바라는 것이 많아진다. 그렇게 서툴러진다. 모르는 것이 당연한 타인의 마음을 모른다고 서운해한다.

너무도 많은 것에서 마음을 읽는다. 휴대폰의 답문이 짧아서 혹은 늦어서. 말투가 원래의 것과 달라서. 표정이 좋지 않아서….

읽지 말고 물어야 한다. 내가 원하는 답과 달라도 그 마음은 내 것이 아니라 당신 것이라서 그렇다고 생각해야 한다.

읽지 말고 말해야 한다. 당신이 원할 것이라고 짐작하는 말이 아니라 내 것의 마음을 건네야 한다. 그것이 거절이라도…. 거절은 거절일 뿐이다. 나를 거절하고 당신을 거절하는 것이 아니라 그저 서로의 다른 마음일 뿐이다.

마음을 말하고 마음에 들지 않는 것을 말하는 것으로 우리의 삶은 간결해진다.

무 사 와
무 탈 의 날 들

아파트 엘리베이터에나 마트, 거리에서 유모차를 밀고
있는 사람들을 본다. 예전과 다르게 유모차에 눈이 간다.
힐끔힐끔 유모차 안의 아기를 바라본다.

칭얼대는 아기, 한가득 짐과 함께 분주한 부부의
모습을 보면서 '힘들겠다. 아이고 안쓰럽네'라고
생각했는데 이제 그들이 승리자로 보인다. 그들이
이뤄낸 무사와 무탈이 내가 가장 바라는 일이다.

성공이나 돈을 바랐는데 나이가 들수록 무사와 무탈을
비는 날들이 많아진다. 시어머니는 말했다. 겪지 않아야
할 일을 겪지 않고 사는 게 얼마나 복인지 모른다고….

맞다. 성공하는 데 중요한 것은 무언가를 해내는

우리의 삶은 엉망진창으로 아름답다

것이고 살아가는 데 중요한 것은 겪지 않아야 할 일을 겪지 않는 것이라는 생각이 든다.

　무사와 무탈은 생각보다 능동형이다. 무언가를 저지르지 않아서 무사하고 무탈한 것이 아니라 무사와 무탈을 위해 행동하고 지켜내야 한다. 차와 사람이 지키는 신호 같은 약속. 안전벨트와 같이 사고로부터 우리를 지켜주는 안전장치들. 건강을 위해 먹지 않고 참아내는 음식들. 아기의 안녕을 위해 참아내는 나의 욕구.

　열 달의 기적이란 그저 주어지는 것이 아니라 엄마가 신과 함께 지켜내 무탈하고 무사한 날들이다.

비 꼬
는   일

"오빠~ 장미 좀 봐. 참 이쁘다." 당신은 얇고 이상한
하이톤 목소리로 닭살 돋게 말한다.

"미쳤어?"

"와이프 애교 가르치기. 상아야, 해봐. 오빵. 오빵.
장미가 참 이쁘다."

"미쳤구먼. 미쳤어!"

여름의 기운을 가진 봄의 어느 날. 축제가 열렸다.
천변은 장미와 사람들로 북적인다. 천변 산책은 당신과
내가 의도를 가지고 하는 작은 습관이다.

축제를 추억하고자 사진을 찍는 사람들이 장미가
있는 곳이라면 어디든 멈추어 서 있다. 사람들에게 몇
번이고 치이자 인상이 써진다. '저 다리까지만 갔다가
돌아와야지'. 신경이 날카로워지자 장미가 보이지
않는다.

때때로 풍경은 그런 식으로 소비된다. '아. 안 그래도
막히는데 눈까지 오네', '아. 비 오네. 이 신발 젖는
건데', '아. 차에 송진 가루 또 앉았네. 이번 주에

세차했는데…'

그러면서도 주말이면 자연에 기대었다. 바닷가에 있는
캠핑장에 가고, 수목원으로 산책하러 갔다. 주중의 나는
마음이 바빴다. 도시의 나는 마음이 쪼들렸다. 그래서인지
풍경을 비꼬아 봤다. 풍경뿐만 아니라 많은 것을 비꼬아
봤다. 누군가의 행동에서 의도를 찾으려고 했다. 있는 그대로
받아들이지 못했다.

장미보다 더 화려한 색색이 조명이 가득한 정원에 동물 모양
조명들이 뛰어논다.
"이쁘다. 서 봐, 같이 사진 한 장 찍자."
당신이 놀라 묻는다. "웬일이야? 너 이런 거 싫어하잖아.
유치하고 시각 공해라고…"
"응. 근데 그냥 오늘은 이쁘네."
당신은 찍은 사진을 내게 보여주며 말한다. "아기를 가지고
너 좀 편안해진 거 같아."

절망 안에 선 우리는 움츠리고 있다. 그렇게 점점 작아지는
자신을, 자신의 세계를 숨기려 비꼰다. 비참해서 비꼰다.
그렇게라도 해서 타인보다 더 나은 사람이 되어야 해서. 자신을
속인다. 그렇지 않으면 살아갈 수 없어서. 나아질 수 있다는
믿음은 마음을 편안하게 한다.

나는 좀 편안한 사람이 돼 가는 것 같다.

아 기
를   가 지 고

　　나는 모험 없는 삶이라고 했고 당신은 적당히
포기해서라고 했다. 우리가 스스로 미안한 것은. 그런
마음을 잘 감추고 살았지만 가끔 목이 바싹바싹 탔다.
　　아기를 품자 이상하게도 마음이 풀어진다. 이룬 것
없이 생이 끝날까 봐 늘 조바심 내던 내가 무언가
편안해진다. 불안이 눌어붙어 떨어지지 않는 내게
편안해진다는 것은 무척이나 중요한 일이다. 늘
행복보다 중요한 것도 평온이었다.
　　친구네 놀러 갔다. 부부에게는 네 살짜리 아들이
있었다. 친구 남편은 내가 아기를 가진다면 아마도
공황장애가 나을 거 같다고 말했다.
　　"그럴 리가요." 하면서 웃어넘겼는데 배 속의 아이가
몸집을 키울수록 그때 그 말이 점점 사실이 되어간다.
　　인간이란 동물이 태어나 이뤄야 할 궁극이 종족의

　　　　　　　　우리의 삶은 영망진창으로 아름답다

번식이고 그것을 수행하고 있어서 몸 깊은 곳 어딘가에 저장된
시스템이 자신을 다치지 않게 보호하는 듯한 느낌이 든다.

어미는 아기를 보호하기 위해, 아기는 스스로를 보호하기
위해 자신을 품고 있는 존재를 보호하는 것만 같다. 몸은
물론이고 저 마음 깊은 곳까지도 말이다.

그러지 말아야지 하면서 가끔씩 나는 나를 다그치고
몰아세운다. 아기는 배 속에서 나를 다독여 주는 것만 같다.

모든 건 괜찮아진다고.

그래. 모든 건 다 괜찮아진다.
그렇게 나는 점점 괜찮아진다.

너 무   작 은
지 옥

배 속에 아기를 키우던 어느 날.
마음을 꺼내어 보니 지옥이었다.

마음은 나의 전부일 수 없는 나의 일부이다.
나보다 클 수도 깊을 수도 없는 일부이다.

나는 지옥에 사는 것이 아니라
지옥이 내 안에 사는 것이었다.

나보다 작은 지옥은 더 이상 지옥이 아니었다.

우리의 삶은 엉망진창으로 아름답다

떠 나
보 내 기

"처제네 카페에 선인장 키울 건지 물어봐 줘. 아기
태어나면 선인장 같은 건 너무 위험하니까. 그리고
공간도 필요하잖아."

  그렇게 당신은 당신에게 '무엇'이었던 식물들을
떠나보낸다. 우리에게 필요한 건 공간만은 아니었고
떠나보낸 것 역시 식물만은 아니었다.
  어둠 속에 감춰놓은 마음들. 보려고 하지 않으면
보이지 않는, 당신과 나. 서로만 희미하게 느끼던 침묵
같은 슬픔과 아픔들. 우울과 외로움 같은 것들.
  당신은 베란다의 식물을 정리하는 일로, 나는 몇
년간 해오던 정신분석을 그만두는 일로 떠나보낸다.
다짐 같은 일은 소란스럽지 않게 고요하고 자연스럽게
행해진다.

  물건에는 우리의 서사가 있다. 삶은 실체가 없고

물건은 실체가 있어서 우리는 쉽게 물건에서 우리의 삶을
발견한다.

집안에 물건들을 비워 낸다. 떠나보내는 것이 추억이나
기억이 아님에도 추억 일부를 버리는 것 같은 불안감이
든다. 몇 번의 이사에도 살아남은, 베란다 창고에 쌓아 놓은
잡동사니들. 박스를 여니 여행에서 모아 온 박물관 티켓, 전철
티켓, 안내 책자, 무엇이 들어있는지 모를 CD, 짧은 메모들이
담겨 있는 노트, 기념품 가게에서 산 여행지의 라이터와
마그넷, 엽서들이 가득하다. 다른 박스에는 어느 기계에 맞는
케이블인지 모를 선들이 들어있다. 벌써 고장나 버린 기계의
품질 보증서와 드라이버 CD들.

필요해서 남겨둔 것과 남기고 싶은 것들. 한때의 기억과
생활이 베란다 창고 가득 층층이 퇴적되어 있다.

남겨 놓은 물건들은 글과 같다. 망각은 사람에게서 사실들을
지워 나간다. 기억의 기록에는 냄새, 온도, 기분, 피부에 닿는
감촉 같은 것들이 들어있다. 물건은 기억의 서사에 방아쇠를
당긴다. 망각 안에 있던 그 시절을 감각한다.

산다는 건 시공간에 포함된 전부를 감각하는 일이다. 기억이
사실의 나열이라면, 추억은 감성을 담고 있다. 돌이켜 생각하는
일뿐만 아니라 지나간 때를 다시 감각한다. 그래서 추억은 어느
시절을 다시 사는 것과 같다.

시간은 사람의 기준을 바꾸곤 한다. 이제는 쓰레기가 된
한때 쓸모 있었을 어떤 기계의 케이블처럼 기억이나 추억 역시

우리의 삶은 엉망진창으로 아름답다

그렇다. 사랑하는 사람과 함께했던 달달한 여행의 기억은 이별 후 가시지 않는 입안의 쓴맛이 되기도 하고 긴 시간에 쓰디쓴 아픔이 단맛의 추억으로 바뀌기도 한다.

기억되는 것과 사라지는 것. 추억이 되는 기억과 잊혀질 기억. 시간은 사람에게서 그것들을 자연스럽게 정리한다. 기억과 추억, 감각과 감성. 살면서 사실보다 중요한 것들. 억지로 붙들 수도 없는 것들. 시간은 이런 것들의 기준을 만든다.

어떤 시간에 나는 물건에 별 추억이 없고, 어떤 시간에 나는 물건이 소중하다. 기억은 시간에 맡기고 물건은 공간에 맞추어 살면 된다. 분류하던 물건을 다시 박스에 넣어 박스째 쓰레기통으로 가져간다.

"상아야. 이거 분리수거해야지."

하아…. 다시 박스의 물건들을 꺼내 정리한다. 정리는 정말 끝이 없다.

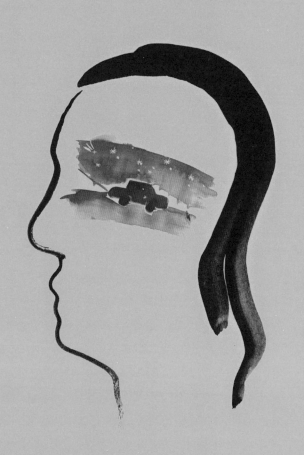

건 강 한
식 사 와   삶

냉장고에는 당신이 40g씩 소분해 넣어둔 소고기와
오리고기가 있다. 어육류군 2단위인 소고기 80g을 기름
없이 굽는다. 프라이팬에 고기를 올려두고 냉장고에서
썰어놓은 양배추 한 주먹을 꺼내 접시에 담는다.
곡류군 1단위인 즉석 밥 3분의 1공기. 먹기만 해도
금세 건강해질 것 같은 간을 한 시금치나물. 임당식은
순서가 중요하다. 생채소를 먼저 먹어야 혈당이 오르지
않는 데 도움을 준다. 생채소를 매끼 먹어야 한다는 게
엄청난 부담이다. 혈당은 웃겨서 굶어도 오른다. 할 수
있는 일은 병원에서 정해준 교환 단위에 맞춰 식사하는
것이다. 오이를 와그작거리며 먹는다. 양이 적어 아껴서
꼭꼭 씹어야 한다. 젓가락으로 깨작거리며 최대한 길게
식사를 즐기려 한다.

우리의 삶은 엉망진창으로 아름답다

무엇에 맞춰서 산다는 건 고민 없이 살 수 있어 좋기도
하지만 먹는 걸 사랑하는 나의 혀와 몸은 꽤 불만이다.

살면서 의식하지 못한 나를 결핍시키는 금지들. 나는
그것들을 담배, 커피 그리고 무언가를 씹어 삼키는 일로
채웠다.

어떤 것이 나를 쾌락하게 하고 어떤 것이 불쾌하게 만드는지,
내가 알고 있는 나는 너무도 부분이다. 내 생각이 닿지 못하는
바깥이 대부분 나다. 그래서 나는 스스로를 모른다.

어쩌면 나는 타인들에 의해 규정되는 건지도 모르겠다.
비교급으로 말이다. 고유한 것. 그것만이 가지는 특성,
본래의 다름 역시 비교할 무언가가 있어야 인식된다.
사람은 늘 비교급이다. 사람의 고유한 모습 역시 타인이
부재하면 존재하지 못한다. 그래서 우리는 자신을 늘 타인과
비교하는지도 모른다. 스스로를 몰라서.

건강한 음식에 나의 욕구는 늘 불만이 많지만 한편으로는
꽤 괜찮은 어른이 되어가는 느낌이다. 건강한 규칙을 가진
사람들을 보면 기분이 좋아진다. 나이가 들어갈수록 건강한
것들을 쾌락해야 한다. 우리는 존재만으로도 사랑스럽던
처음에서 시작해서 서서히 존재만으로는 사랑하기 힘든 존재가
된다. 취기 오른 분홍색 볼이 애교처럼 보이는 나이는 인생에서
금방 사라진다.

무언가 눈살이 찌푸려지는 일을 하지 않는 것. 그것이 나이가
들수록 중요한 것 같다.

편견

"저에게 맞는 게 있을까요?"

임신 후반으로 갈수록 부쩍 이 말을 많이 하게 된다.
너무 빠른 시간에 내 몸은 달라졌다. 옷을 사러 가면
습관적으로 작은 사이즈를 집는다. 탈의실에서 옷을
입어보며 내가 생각한 것과 실제 맞는 사이즈의 갭에
놀라곤 한다.

쉽게 건네받은 조언에 담긴 편견이 나를 힘들게 한다.
사람들은 잔인하다. 정확히 말하면 70kg이 된 나에게
잔인하다. 살아가며 우리는 끊임없이 재단 당하고
규정된다. 누군가가 나에게 건네는 조언은 내가 어떻게
그에게 규정되었는지 알 수 있게 한다. 속없고 게으르고
자기 관리를 못 하는 나태한 사람. 살이 찐 자에 대한
편견은 정신과에 입원한 사람에 대한 편견보다 더
견디기 힘들다.

우리의 삶은 엉망진창으로 아름답다

임신 테스터기의 두 줄을 본 순간 7년간 먹던 신경안정제와
수면제, 담배를 끊었다. 물보다 더 많이 마시던 커피를 하루에
한 잔으로 줄였다. 임신이 갑자기 이것들을 끊어도 아무렇지도
않은 청정의 상태로 나를 만들어 주는 것은 아니었다.

참아내는 과정이 아무리 고통스러워도 포기하지 않는 힘을
주는 것. '아마도 이것이 사람들이 말하는 모성애구나'라고
생각했다.

임신한 나는 여전히 F코드를 가진 약이 필요하고 담배를
피우고 싶으며 카페인을 원한다. 무엇보다 중독성이 강한
것들을 한 번에 끊어버린 나는 불안하고 불안정했다.

불안을, 우울을, 발작을 단것들을 먹으며 버텼다. 꺼이꺼이
악에 받친 울음이 올라왔다. 울면 아기에게 안 좋은 영향이
있을까 봐 터져 나오는 울음을 삼켰다. 달콤한 것을 삼켰다.
괜찮다고, 나는 너무 괜찮다고 되뇌었다.

살찐 것은 불행하지 않은데 살찐 나를 대하는 사람들의
태도는 나를 불행하게 만든다. 사람들은 내가 살이 쪘다는
이유만으로 무시당해도 좋은 사람처럼 군다.

이런 나의 상태를 설명했다면 그들은 정상 참작을 했을까?
그렇지만 설명하고 싶지 않다. 가족들은 누구보다 나를 돕고
싶어 했지만 상처가 되기도 했다.

누구나 아무것도 설명하지 않아도 그런 취급을 받아서는 안
된다.

자 존 감
과   직 업

"주부가 아니라 무직이라고 써야 해. 당신은 주부의
일은 하지 않으니까."

　병원 문진표에 주부라고 적힌 곳에 체크하는 내게
당신은 말한다. 대학을 졸업하고 늘 일을 해온 나는
무직도 주부도 내 삶이 아닌 것만 같다. 사람들은 아직도
예전의 직함으로 나를 부른다. 나 역시 많은 사람을
그들의 직함으로 부른다. 주부이건 무직이건 받아들이기
힘든 건 그것이 그저 직업이 아니고 나 자체이기
때문이다.
　상황이 나를 흔들면 쥐고 있던 일을 놓을 수밖에 없는
그런 사람이 된 것 같은 기분이 든다. 지금 일을 놓으면
영원히 일할 수 없을지도 모른다는 불안감이 든다.

　　　　　　　우리의 삶은 엉망진창으로 아름답다

가까운 사람들이 임신과 육아를 겪으며 어떻게 커리어를 놓치게 되는지, 워킹맘들이 얼마나 미친년 널뛰듯 사는지, 그 시간의 끝엔 일과 육아를 선택해야만 하는 순간이 온다는 걸 보았기 때문이기도 하다.

임신 초기에는 입덧이 너무 심해 거절했던 일들을 중기가 넘어가자 할 수 있게 되었다. 일하지 않을 땐 하루가 참 길었는데 바쁘고 짧은 하루가 좋다. 최대한 스트레스 없이 임신 기간을 보내기 위해 쉬는 것이 최선이라고 생각했는데 아이러니하게도 일하며 적당히 스트레스를 받는 것이 더 즐겁다. 나는 이제 거절할 수 없는 사람이 된다. 그렇지만 괜찮다.

일을 놓지 않는 것만으로도 마음이 자유롭다.

현 실 은
꿈 을 　　　안 고
흐 른 다

나이가 들수록 기회들이 나를 비껴간다.
먹고 사는 일이 전부는 아니지만 제쳐 둘 순 없어서
날들은 무의미하게 멈춰 있다.
현실은 숨통을 쥐고 있고 꿈은 명치를 찌른다.
걷는다. 걸을수록 나는 부서진다.
동시에. 단단해진다.
현실은 꿈을 안고 흐른다.

우리의 삶은 엉망진창으로 아름답다

Days become unfamiliar and trifle.

Chapter 3

●

낯설고
사소한 날들을
산다

불

완 전 함

인간은 누구도 완벽할 수 없다.
우리는 신이 아닌 인간에게 길러졌기 때문이다.

새
벽

　　새벽의 거리는 뿌옇지만 또렷하다. 어둑한데 눈이
부시다. 아기는 내게 안긴 채 어깨에 얼굴을 기대어
있다. 낮은 난간이 있는 방수 페인트가 칠해진 녹색의
옥상에는 스티로폼으로 만든 텃밭이 있다. 상추와 부추,
가지와 방울토마토, 그리고 오이와 고추.
9월. 낮에는 여름이지만 새벽에는 제법 선선하다.
　　옹기종기 모인 작물들을 아기가 잘 볼 수 있게 몸을
앞으로 숙인다. 아기는 몸을 틀어 간밤의 비에 떨어진
방울토마토를 바라본다. 8월만 해도 텃밭에 벌들이
많아 멀리 떨어진 곳에 서서 관찰하게 했는데 오늘 보니
벌들이 사라졌다.
　　아기는 벌이 눈앞에 와도 똑바로 바라볼 뿐
무서워하지 않는다. 나는 아기의 이런 상태가 좋다.
순수하고 두려움이 없는, 연약하지만 야생적인, 길들지
않은 자연 그대로의 상태. 의도가 있지 않은 상대는
마음을 평화롭게 한다. 아기의 이런 상태 때문에 나는

벌이 더 무섭다. 동시에 벌이 아기를 쏘기라도 할까 봐 손으로
때려잡을 준비를 한다.

아기는 스티로폼 텃밭 관찰이 끝났다는 것을 몸을 비틀고
고개를 돌려 알린다. 걸음을 옮겨 아기에게 풍경을 바꾸어
준다. 옥상 끝에 서서 아직 열지 않은 상점들과 가로수가 있는
거리의 풍경을 바라본다. 새벽의 공기는 물을 머금고 있고
가로등은 아직도 밤이다. 거리는 잠이 덜 깬 듯하고 나는
멍하다. 바람에 뺨이 조금 차가워진다. 밤과 아침 사이에서
새벽은 비현실적인 기분이 들게 한다.

엄마가 된 친구는 말했다. "난 성선설을 믿었어. 7년을
키우니 이제 성악설을 믿어. 이제 너도 곧 알게 될 거야." 나는
아직 덜 시달렸다고 말했다.

아기는 숨과 울음을 가지고 태어난다. 삶 이외에 아무것도
가지고 태어나지 않는다. 순수하다. 아무런 의도가 없는 무의
상태이다. 그저 삶을 행동할 뿐이다. 아기를 키우는 일이
힘들어도 우리가 아기를 사랑할 수밖에 없는 이유이다. 무의
상태에서는 선과 악도 무의미하다.

해가 뜨자 새벽의 비현실적인 기분이 흩어진다.
뽀로로 멜로디의 허밍은 아기의 귀에서 흩날린다.
거리에는 삶의 소음들이 들어선다.

아침이 시작된다.

처
음

하늘, 바람, 나뭇잎 사이로 비치는 햇살. 놀이터
바닥을 쪼는 참새들. 참새들이 인기척에 갑자기
날아가는 모습. 미끄럼틀, 시소, 그네. 우레탄의 푹신한
바닥. 그리고 아이들. 타고 뛰고 웃는 아이들.
아기의 '첫' 외출.
　내가 걸음을 옮길 때마다 아기 삶의 '첫'들이 생긴다.
누군가의 '첫'들이 나로 인해 생긴다는 것이 흥미롭다.
책임감을 느낀다. 나는 아기의 처음들을 기억하려
애쓴다. 때로는 사진으로 때로는 문장으로.
　우리는 살아가며 '첫'의 기억들을 잊는다. 태어나 처음
느낀 감각들. 사물들. 사람들. 장소들의 기억이 사라지고

우리가 기억할 수 있는 시간의 '첫'을 만난다. 기억 속의 '첫' 느낌이란 언어를 알지 못할 때의 '첫'보다 강렬하지 않을 것이다.

아기를 키우며 생의 '첫'들의 느낌이 몹시 궁금해졌다. 처음 공기를 들여 마셨을 때, 바람을 처음 느꼈을 때, 엄마 아빠의 얼굴을 처음 보았을 때. 첫울음을 터트렸을 때. 나는 어떤 느낌이었을까?

스물둘에 '첫' 해외로 런던에 갔다. 가기 전부터 약간 빨라진 심장은 그곳에 사는 게 당연한 일이 될 때쯤 느려졌다. '첫' 비행. 비행기 티켓을 받고 좁은 좌석에 앉아 바라본 타원형의 창문 밖 구름에 상기되었다. 손을 흔들어 잡아타는 빨간색 이층 버스, 오래된 유럽 특유의 석조 건물들. 골목. 낯선 언어. 만나는 모든 것이 낯설고 설레고 두렵고 즐거운, 약간의 흥분이 가라앉지 않는 상태였다.

세상이라는 낯선 장소에 도착한 아기의 '첫'이란 나의 첫 낯선 세상이었던 런던에서 받은 느낌 같은 것일까? 유추해 볼 뿐이다. 물론 비교할 수 없는 차원이기는 하지만.

처음들은 차곡차곡 쌓인다. 살다가 처음인 것이 더 이상 없는 때를 살게 된다. '나는 이렇게 살 거야' 하던 기대가 '사는 게 다 그렇지 뭐…'라는 말로 타협하게 되었을 때 나는 이미 늙어버린 기분이었다. 살아온 중에 가장 능숙하게 살고 있었지만 능숙할 뿐 잘 산다고 할 수는 없었다.

아기를 키우며 나 역시 '첫'을 다시 경험한다. 배 속의 아기가

내 배를 찰 때의 느낌. 태어난 아기를 처음 안아본 일. 몸에서
젖이 나오는 일. 젖을 물리는 일. 이유식을 만드는 일. 싫어하던
핑크가 좋아지는 일.
　엄마는 아기를 보며 '희망이 있잖아'라고 말했다. 아기를
키우는 일을 왜 희망이라고 표현했는지 조금은 알 것 같다.

'첫' 해외의 경험처럼 낯선 세상에 다시 선 것 같다.
특별해 보이는 '첫'들도 어느 순간 사소해지겠지만

낯설고 사소한 날들을 살 것이다.

날들은 허밍

거실 안으로 들어온 햇살. 토끼 귀를 가진 이불.
체리 자수를 놓은 작은 베개. 부지런한 부자연스러운
작은 손가락의 끊임없는 움직임. 쫀쫀하고 보드라운
피부 결. 볼 뽀뽀. 볼 뽀뽀 볼 뽀뽀. 따스한 공기. 튤립
사운드북에서 흘러나오는 동요. 바둥거림. 레이스가
달린 작은 양말. I love mommy라고 적힌 조그마한 옷.
익숙한 멜로디. 허밍. 마음이 흥얼거리는 소리. 평온하고
찬란하게 기쁜 날들. 흥얼거리는 마음. 날들은 허밍.

출산

  맨살에 차가움이 닿는다. 계단을 두 칸 밟고 올라온 침대는 높다. 녹색과 파랑 그리고 무영등의 새하얀 빛. 의사들은 일사불란하게 무언가를 한다. 양팔을 십자가 모양의 침대에 묶고 배에 알코올을 바른다. 옷을 입지 않은 나는 무척이나 나약하고 무력한 기분이다.

  혈관에 바늘을 꽂는 사람. 소변 줄을 꽂는 사람. 수술 도구를 옮기는 사람. 내 몸에 행해지는 일임에도 내게 허락을 묻거나 무엇을 하고 있다고 알려주는 사람은 없다. 그저 자기 일을 할 뿐이다. 나도 내 할 일인 환자가 된다. 누워서 눈을 감고 그들의 부산함을 듣는다. 몸과 마음이 잔뜩 긴장된다. 아무것도 하지 않는 무섭고 외롭고 서러운 시간은 모차렐라 치즈보다 더 길게

우리의 삶은 엉망진창으로 아름답다

늘어진다. 당신 손을 잡으면, 그러면 마음이 누그러지는데….
아플 때 당신 품에 안기면 아픔이 그쳤는데…. 지금 수술실 밖
당신은 가깝고도 멀다.

"오빠 혹시 분만 중에 어떤 사고가 생기면 뿐튼이를 살려."

첫째는 아기. 둘째도 아기. 원칙을 세우니 좋다. 욕심들이
자잘해진다.
　공황 상태가 되어 몸이 마음대로 움직이거나 힘이
빠져 버리는 공황장애와 전환장애가 있는 산모. 산모는
자연주의 출산을 원했다. delivery란 말보다 birth란
말이 친숙해서일까? 태어난 날은 Birthday니까 말이다.
태어나자마자 캥거루 케어를 꼭 해주고 싶었다. 서로의 맨살을
맞대는 일이 우리를 안정되게 해줄 거 같았다.
　하지만 당신은 의료 개입이 많은 출산을 해야 한다고 말했다.
맞다. 그렇게 생각하는 게 합리적이고 이성적이다. 어쩌면
나는 혼자서는 아픔을 그치는 법을 몰라 당신에게 기대고
싶었는지도 모른다. 그래서 수중 분만이나 푹신한 침대에서
당신 품에 안겨 분만하는 장면을 상상했는지도 모른다.

"견갑난산의 위험이 커요. 운동 열심히 하세요. 무슨
운동이든 좋아요."
"그러니까 지금처럼 크면 40주에 위험하다는 거죠?"
"아니요. 지금 이미 위험해요."

당신은 말했다. 괜찮을 거야. 나도 마음에게 말했다. 괜찮을 거야. 이름도 생소한 견갑난산이라는 말을 처음 들었을 때 우리는 그 일이 우리에게는 일어나지 않을 것이라 믿었다. 믿음이라기보다 회피에 가까운 것이었지만 믿었다.

유튜브에서 본 의사는 말했다. 아기의 머리가 나오고 어깨가 나오지 못해 수 초 안에 호흡곤란으로 얼굴이 파랗게 변하는 아기를 보았을 때, 그때가 산부인과 의사로서 가장 만나기 싫은 순간이었다고. 어렴풋한 두려움에 실체가 생긴다. 나는 두려움을 손에 꼭 쥐고 서 있다.

견갑난산의 걱정 때문일까? 아니면 모두가 느끼는 출산에 대한 정상적인 두려움일까? 출산일이 다가올수록 두려워진다. 마치 난산이 이미 정해진 일인 것처럼.

37주. 자궁이 1cm 열린 상태이고 속 골반이 첫째가 아닌 것처럼 좋다고 담당의는 말했다. 그 와중에 속 골반이 좋다는 말에 뿌듯하다. 아기는 늘 머리둘레보다 배 둘레가 컸다.

이미 엄마에게서 좋은 날을 받아놓은 이후에도 분만 방식을 결정하지 못한 이유는 어떤 것을 선택해도 무서웠기 때문이었다. 공포는 상상할 때마다 커진다. 공포스러운 일은 자주 만나면 용감한 사람이 되는 게 아니라 심약한 인간이 된다. 심약한 나는 더욱이 상상하지 않고 맞닥뜨려야 하는데 매일매일 상상했다. 어느 날은 최악의 난산을, 어느 날은 최선의 순산을.

질식 분만을 이대로 진행해도 될지 제왕절개를 고려해야

하는지 묻는 나에게 담당의는 "제 의견은 50:50이에요."라고
말한다. 견갑난산의 위험이 크다는 말을 덧붙이며.

　내 몸과 내 안의 아기가 직접 겪을 일이라서 선택은 오롯이
나의 몫이어야 한다. 생각보다 더 외롭다. 내 핸디캡들을
상관하지 않는다는 식으로 대했는데 지금은 무척이나 그게
그저 나임을 받아들여야 한다. 공황장애. 전환장애. 임신 당뇨.
20kg 이상의 체중 증가. 노산. 출산 앞에서 나는 참으로 불리한
인간이구나.

　나의 불리함으로 아기도 불리하면 안 되어서, 아기를 담보로
모험은 안 되는 일이라서 나는 제왕절개를 선택했다. 산모는
부작용을 겪을 수 있지만 아기에게는 아무런 해가 없다는 말에
결정적으로 수술을 선택했다.

　나의 아기는 이로써 공평해졌다.
　선택을 하자 그간의 고민이 무색하게도
　날들은 아무렇지 않게 흘러간다.

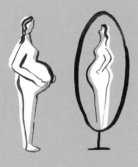

고 통 에
사 랑 이   관 여 하 는
정 도

"잘 선택했어. 나는 진통 다 하고 겪을 거 다 겪고
응급 수술했잖아. 하나만 겪어. 수술 앞둔 사람에게 이런
말 하기는 그렇지만 불로 달군 칼로 쑤시는 거 같았어.
나는 그랬어. 아마 한동안 그럴 거야. 나는 꽤 오랫동안
그랬어. 아파. 그러니까 아픈 게 정상이라고 말해주는
거야."

친구의 고통을 먼저 들어 다행이다. 그렇지 않았다면
수술이 잘못됐다고 생각했을 것이다. 이렇게 아픈데
둘째는 어떻게 낳는 걸까? 아무도 없는 병실에서
온종일 당신이 찍은 갓 태어난 아기의 영상을 계속해서
돌려보는 일로 스스로를 위안한다.
코로나는 아기와도 당신과도 이별하게 한다. 아기의
안녕을 확인하지 못한 나도 안녕하지 못하다. 내 몸은
아기를 잃어버렸다고 생각하는 것만 같다. 배 속에
아기가 없는데 품에도 아기가 없으니까. 움직일 때마다
칼로 찌르고 불로 지져지는 듯한 고통만 곁에 있을
뿐이다.

우리의 삶은 엉망진창으로 아름답다

제왕절개 수술 후 훗배앓이 통증이 극심했다. 통증에 이상을 느낀 건 수술 후 3일이 지나면서다. 열이 39도 가까이 올랐다. 통증이 심해졌다. 영화에선 칼을 맞고도 죽기 전까지 할 말 다 하고 죽던데 배에 칼로 쑤시는 통증이 오면 말은커녕 날숨도 나오지 않는다.

조그마한 움직임에도 팔딱거렸다. 무기폐. 심전도에서 이상이 있고 염증은 없었다. 열이 나는 이유는 알 수 없었지만 고통의 최고치가 10이라면 이건 1000의 고통이다.

"상아야. 걱정 안 해도 되겠어."
"응?"
"너 리클라이너 없는 조리원 침대에 어떻게 눕고 어떻게 일어나냐고 했지? 너 지금 누웠어."

당신 말을 듣고 비로소 알아차린다. 나의 통증이 1000에서 0이 되었다는 것을. 병원에서 각종 검사를 하고 아무리 약을 바꾸어도 날뛰던 통증은 퇴원하기 위해 신생아실에서 아기를 안는 순간 사라진다.

바구니 카시트에 아기를 태워 신생아실을 나왔다. 먼저 차에 가서 히터를 틀어달라고 부탁한다. 브레이크 밟는 발이 조금이라도 갑작스러울까 조리원에 가는 내내 참견한다.

배에 수유 쿠션을 두르고 첫 수유를 하고 한참을 아기를 안고 바라보았다. 유축을 하고 침대에 누울 때까지 나의 고통에 관해 전혀 인식하지 못했다. 기적 같은 이 일은 너무도 자연스러워서

종교적이기까지 하다. 당신의 말이 아니었으면 불과 몇 시간
전까지 칼로 찌르고 불로 지지는 고통을 가진 사람이었다고
생각조차 못 할 것만 같다.

고통에 사랑이 관여하는 것은 어느 정도나 될까?
　통증을 감각하는 일은 우리를 고통스럽게 한다. 마음에 인
아픔 역시 고통스럽다는 것만으로도 실체를 가진다. 마음의
고통은 신체를 무너트리곤 한다. 스스로 마음을 돌보지 않은
내게 알아달라는 듯이 다리가 풀려 걸을 수 없게 되기도 하고
언어를 잃기도 한다.
　보이지 않아 잡을 수 없는, 그래서 반창고조차 붙일 수 없던
허약한 내 마음이 단단하게 꿰매진 몸의 고통을 이겨낸다.
보이지 않는 마음은 물리적인 수술의 고통을 이겨낸다. 어쩌면
의아할 정도로 훗배앓이의 고통은 아기의 무사를 확인하지
못한 어미의 마음 같다. 아기와 엄마가 서로의 안녕을 확인하는
순간 출산의 고통은 사라진다. 아기가 엄마 배 속에 심장을
만들고 뛰는 순간부터 아기는 엄마 자신보다 자아를 뛰어넘는
중요한 존재이다.
　고통에 사랑이 관여하는 정도는 놀랍도록 크다. 사랑에는
옥시토신을 뛰어넘는 무언가가 있다. 설명 불가능한 일들이
사랑하는 사람에게는 일어난다.
　사랑은 고통받는 사람의 인생에 생각보다 큰 구원일지도
모른다.

　　　　　　우리의 삶은 엉망진창으로 아름답다

BIRTH

투
정

"아이고 서러웠어. 엄마 냄새 나?"

수유하기 위해 아기는 조리원 신생아실에서 내가
머무는 방으로 들어온다. 방에 들어오자 이내 울음을
터트린다.

"아기가 울고 싶어도 낯설고 긴장해서 울지 못하고
있다가 엄마 냄새 맡고 익숙해서 우는 거예요."

나는 본능적으로 아기를 품에 안고 어른다. 가슴에
머리를 비비다 잠이 든다. 엄마의 품 안에서는
안전하다는 걸 본능적으로 아는 것 같다.
투정은 사랑의 특권이다. 누울 자리를 보고 다리를
뻗는다는 말처럼 상대가 나를 사랑하고 있다는 강력한

우리의 삶은 엉망진창으로 아름답다

믿음을 바탕으로 한다. 이것이 불평과 다른 점이다. 사랑 안의 사람들은 비이성적이고 이해할 수 없이 변덕스럽지만 우리는 사랑하기 때문에 기꺼이 이해하고 이해받는다.

　살다 보면 탓을 할 수 없는 일들이 나를 괴롭힌다. 서러운데 누구도 무엇도 원망할 수 없을 때. 목구멍으로 넘어오는 서러움과 화를 간신히 삼키고 있을 때 그런 나를 알아채는 건 늘 가족이다. 서러울 때 달려가 안길 품이 있다는 것, 투정 부릴 수 있는 품이 있다는 것 자체로 위안이 된다.

　진짜 외로움은 나를 위로해 줄 사람이 없는 게 아니라 투정 부릴 사람이 아무도 없을 때이다.

초
능 력

"아기들은 초능력이 있어. 사람의 진심을 알아보는
능력. 이제 그만 제발 자라, 제발 자라. 이런 마음으로
재우면 다 알더라고. 더 불안해하고 안 자. 그러니까
진심으로 대하는 수밖에 없어. 아무리 감추어도 다 들켜.
그러니까 당신도 슬픔을 감추는 게 아니라 슬프면 안 돼.
아기들은 다 아니까."

아기들은 생각하지 않는다. 그저 느낀다. 생각하고
판단할 만큼의 과거 데이터가 없다. 본능적이고
직관적이다. 생각하지 않고 느끼는 것. 본능적 직관은
놀랍도록 정확하다. 경험이 쌓인다는 건 어쩔 수 없이
편견이 쌓이는 것이다. 경험에 기댄 생각은 오류가 많다.
어른들은 오류가 많다. 나는 아기의 직관을 믿어본다.
그리고 아기를 향한 나의 본능도 믿어본다.

우리의 삶은 엉망진창으로 아름답다

도
움

　아이를 키워보니 내 자존심이 얼마나 뻣뻣하든
고개를 숙여 도움을 청해야 하는 순간들이 온다. 아기는
혼자서는 살 수 없고 나 역시 혼자서는, 나의 삶을
살 수 없다. 갓난아이를 키우는 지금에서야 마음을
비비고 기대는 일 역시 독립적인 인간의 일이라는 것을
받아들인다.
　독립적 인간. 이처럼 멋진 말도, 이처럼 기본적인 말도
없다. 꽤 오랫동안 이 멋지고 기본적인 말에 매혹되어
있었다. 독립적인 삶에 대해 오해했다. 말에 갇혀
누구에게도 도움을 청하지 못하는 인간이 되어갔다.
단단해진 게 아니라 딱딱하고 뻣뻣해졌다. 아파서
살아가는 모든 것이 중단되었을 때.
　아직도 응급실에서 "누가 내 딸 좀 살려 주세요!"

　　　　　　　우리의 삶은 엉망진창으로 아름답다

라고 절규하던 엄마의 목소리를 잊을 수 없다. 살고 싶어 하지 않은 딸의 병실을 지키며 '살아야지' 하는 마음으로 돌린 것도 엄마이다.

서울의 모든 것, 지금까지 살았던 삶을 내팽개치고 집으로 내려와서 하는 일 없이 빈둥거릴 때, 글이란 것을 써본다고 깨작거릴 때, 엄마와 아빠는 모든 것을 내어 주고 안아 주었다. 아마도 똑 하고 부러지기 전에 누군가에게 도움을 청했다면 나는 다른 모양일지라도 무너지지는 않았을지 모른다는 생각이 든다.

커피 한잔하러 카페에 가려 해도, 목욕을 하려 해도 누군가의 도움이 필요하다. 특히 예전의 나의 일. 원고를 쓰거나 그림을 그리는 일을 하려면 더욱 그렇다. 지금도 도와달라는 말을 하지 못해, 아니 도움을 바라는 마음을 먹지 못해 혼자 동동거리다 마음이 뚝 하고 부러진다.

어느 날 밤 그칠 수 없는 울음이 터져 나왔을 때야 비로소 나는 지금 힘들고 버겁고 누군가의 도움이 절실하다는 것을 깨닫는다.

혼자서 해결하지 못하는 일. 누군가의 도움 없이는 살 수 없다는 걸 살아가는 어느 시점에는 마주한다. 성숙한 인간이란 기대고 또 기댈 수 있는 품을 내어주는 그런 사람이란 생각이 든다. 도움을 청할 수 있는 용기가 있고 도움을 기꺼이 줄 수 있는 아량이 있는 그런 사람.

독립적 인간에 대해 다시 생각해 보는 날이다.

괴
로 움
의   평 등

    아기가 태어나자 가장 어려운 일은 푹 자는 것이다. 수유 노예라 불리는 완모맘. 두 시간마다 돌아오는 아이의 식사 시간에 맞춰 살게 되었다. 그것은 두 시간 이상 잘 수 없다는 것을 의미한다.

    몇 달을 쪽잠으로 버티고 있던 때였다. 아무도 나를 구석으로 몬 적 없는데 어느 순간 구석에 몰려 있었다. 이유 없이 화가 났다. 부아가 치밀고 알 수 없는 원망이 쌓였다. 무엇도, 누구도 내게 고통과 괴로움을 주지 않았지만 내 쪽에 더 무겁게 얹힌 거 같았다. 한쪽으로 기울어진 비어있는 시소처럼 홀로 기울어져 있었다.

    결혼에 있어 평등이란 괴로움에 대한 평등인 걸까?

당신보다 무엇인가 손해 보는 듯한 느낌이 든다. 아마도
괴로움인 것 같다. 육아를 하며 당신이 나보다 편한 꼴을 보면
속이 뒤집힌다. 소갈딱지가 좁아진다.

"당신은 잠이라도 자잖아!"

당신이라고 쉬울까? 다 아는데. 다 아는데 쏘는 말을 한다.
나는 점점 못나진다.

도
망

살면서, 사람의 울음이 도망칠 곳이 필요하다.
　그저 서 있으면 파도가 슬픔을 저 멀리 끌어가는
바다도. 끙끙 앓고 있는 것들을 가벼이 만들어 주는
잠도.

　힘들 때면 늘 잠으로 도망쳤다.
　잠을 자고 나면 속이 한결 가벼워졌다.
　무거운 마음도 버거운 현실도.

　나는 매일 도망치고 있었다. 어떤 사람은 남을 탓하고
어떤 사람은 세상을 탓한다. 나는 나를 탓하는 쪽이었다.
탈진할 때까지 밀어붙였다. 맞서 싸우는 타입의 인간이
아니라 남을 괴롭히기보다 나를 집요하게 괴롭혔다.
마음의 자해 같은 것이었다.

　　　　　　　　　우리의 삶은 엉망진창으로 아름답다

극단을 살았다. 집요하게 다그치거나 아예 놓아버리거나.
당신과 연애할 때도 결혼을 하고서도 나는 그렇게 사는 일을
놓아버린 채로 매일 어딘가로 도망을 쳤다.

가끔 온몸이 현실을 감각하면 초조해지고 불안해졌다. 그런
날들은 스스로를 집요하게 다그쳤다. 평온을 소망했지만
하루도 편안히 잠들지 못했다. 불면이거나 무기력하게 잠만
잤다.

사람들은 내가 쉬어야 한다고 말했다. 살아가며 제일 긴
시간을 쉬고 있다. 쉬어도 쉬어도 상쾌해지지 않는다. 휴식과
회피의 차이는 무엇일까? 내려놓는 일과 포기하는 일 같은
것일까? 나의 이 긴 쉼의 시간은 나에게 어떤 의미가 있을까?

매일 아침은 온다. 일어날 힘이 나지 않는다. 이 긴 쉼은 쉼이
아닌 도망일까? 나는 나태하고 무기력하다.

나 는
언 제 나   모 든   것 보 다
우 선 한 다

살다가 죽음밖에 떠오르지 않을 때.
그것밖에 방법이 없어 보일 때 생각해 주면 좋겠다.
'나는 언제나 모든 것보다 우선한다'
그 명제만 '참'으로 놓고 숨통 앞의 문제들을
판단했으면 좋겠다. 많은 걸 포기하지 못해 삶을
포기하려 하는 것이다. 반대여야 한다.

삶을 뺀 모든 것은 포기되어도 좋다.

우리의 삶은 엉망진창으로 아름답다

인
정 욕 구

퇴원하고 그 상태의 나를 받아들일 수 있었던 것은
살기를 선택했기 때문이다. 그 시절 내게는 정신 승리
같은 것이 필요했다. 불 꺼진 방에서 더듬어 찾는
물건처럼 바닥에 나뒹구는 자존감을 더듬어서 확인해야
했다.

내가 가진 자기 증명의 강박은 어쩌면 스스로 인정할
만큼의 삶을 살지 않았기 때문인지도 모른다. 타인의
기대와 자신의 기대 사이에 처리되지 않은 욕망이 나를
괴롭힌다. 망치고 싶지 않고, 욕먹고 싶지 않아 타인의
눈치를 본다. 이 체면이라는 것 때문에 스스로 본능과는
다른 선택을 하게 만든다.

무엇인가를 하고도 '만약'이라는 후회가 남았던 것은
이 때문이었는지도 모른다.

나를
세상에 붙들어
주는 사람

기댈 곁이 있다는 것. 그 자체로 사람이 살기도 한다.
곁을 줄 이유가 없는 사람의 곁이어서 좋았다. 당신이
내어준 곁에 서면 무너져 있던 내가 보통의 존재가 된다.
투명한 방음벽을 보지 못해 죽는 새들처럼 투명한
벽 너머 세계에 끊임없이 몸을 던진다. 벽 너머의
사람들에게는 내가 투명하다. 그들은 나를 듣지 못한다.
나의 세계와 세상의 세계 사이의 벽. 분명히 굳건히
존재하는 저 튼튼한 벽의 존재를 나는 알지 못했다.
끊임없이 부딪치고 상처 입고 간신히 숨만 붙어있을
때야 투명한 것들이 보인다. 마음을 무릎 꿇게 하는
것들은 투명하다.

우리의 삶은 엉망진창으로 아름답다

벽은 아직도 굳건하고, 투명한 것들이 아직도 세상에 넘친다.
나 역시 한없이 투명하다.

마음은 실재하지 않는 것 같다. 그런데 나는 안다.
당신의 마음에 내가 실재한다는 것을.
그렇게 나는 실재한다.

BABY MASSAGE

사 랑 은
인 생 에   큰   해 결 책
이 다

　

"아기 수영시켜 볼까? 욕조에 물 받을게."
"자기야 잠깐만…"

안고 있던 아기를 당신에게 건넨다. 바지를 걷고
욕조를 빡빡 문지른다. 헹궈내고 닦는 일을 반복하는
모습을 보며 당신이 말한다.

"아기야. 엄마가 널 위해서라면 이렇게나 잘한다. 건데
서운하네…. 그렇게 할 수 있는 사람이 나한테는 하나도
안 했네…"
"아니, 엄마가 자식한테 하는 걸 서운해하면 어떻게
해."

내가 아기에게 해주는 일을 보며 당신은 부쩍
서운하다고 말한다. 나 역시 알지 못했다. 내가 이렇게
할 수 있는 사람이었는지.

사람 사이에도 노력이 필요하다고 말한다. 아기를 돌보며
비로소 알게 된다. 노력은 다른 말이라는 것을. 노력이 아니라
'기꺼이'다. 사랑은 기꺼이 하게 한다. 노력은 원하지 않아도
할 수 있지만 따스한 물에 들어가면 우러나는 차처럼
사람에게는 저절로 우러나는 것들이 있다. 우러난 기꺼이는
'어떻게 이렇게까지 할 수 있지?' 하는 일들을 해낸다.
　노력해도 할 수 없는 일들은 더 노력하는 것이 아니라
사랑해야 한다. 기꺼이 하는 마음은 인간사에 관여된 모든 일의
한계를 무의미하게 만든다.
　예전에는 사랑에 너무 큰 의미를 부여하는 사람이나 책들을
만나면 입바른 소리, 뜬구름 잡는 소리라고 생각했는데 이제
알 것 같다. 인생에서 사랑이 얼마나 큰 해결책인지….

미 안 해 는
사 랑 해 의   다 른   말
이 다

"별일 아니야, 상아야. 아무 일 없는 듯이 편안하게
말해줘. 그래야 아기가 기댈 수 있지. 엄마가 불안하면
아기도 불안해져."

　아기는 울음으로 나를 부른다. 엄마는 아기의 언어인
울음을 번역해서 불편을 해결해 줘야 한다. 번역에 서툰
초보 엄마는 늘 미안하다. "엄마가 미안해."라는 말은
어쩔 줄 몰라 하는 내 진심과 같다.
　엄마가 불안하면 아기도 불안하다는 당신의 말이
내 뒤통수를 때린다. 공황장애가 있는 엄마가 가장
두려워하는 순간을 마주한다. 불안과 걱정이야말로
전염병이다.

　　　　　　　우리의 삶은 엉망진창으로 아름답다

여덟 살이 된 조카를 처음 봤을 때 기억에 남는 동생의 말은
"엄마가 미안해."였다. 작년에 산 좋아하는 빨간 점퍼가
작아져서, 배가 불러서, 3년 전에 색종이를 접어 만든 물고기를
찾을 수 없어서…. 동생이 어쩌지 못하는 일들로 울어도 동생은
우는 조카를 안고 "엄마가 미안해."라고 말했다.

　더 이상 생산되지 않는 빨간색 애착 점퍼 재고를 가진
지점이 있을까 여기저기 전화를 돌리기도 하고 조카가 낙서한
조개껍데기마저도 정리하고 철을 해서 모아 놓는다. 그렇게 다
하면서도 조카에게 미안하다고 사과를 하곤 했다. 아이를 낳기
전인 나는 엄마가 미안한 이유를 알 수 없었다.

　"당신이 뭐가 미안해?"
　"응?"
　"엄마가 뭐가 미안하냐고. 할 수 있는 건 다 해주는데, 이미
최선을 다하고 있는데 뭐가 미안해?"

　우는 아이를 안고 달래는 내게 당신이 말한다. 미안한
마음에는 까닭이 없다. 예전에 동생을 이해하지 못했듯 나를
바라보는 당신도 이해할 수 없다는 눈빛이다.

　"아마도 태어나게 한 원죄?"
　"그럼 오히려 고마워해야지."

　대신 아파주지 못해서라고 하면 비슷한 느낌일까? 열이 날

때도, 까닭 없이 자지러지게 울 때도, 아기를 배 속에 다시 넣고 아기 몫의 아픔을 대신 아파주고 싶다.

태어난 이상 아기 역시 오롯이 자신 몫의 삶을 살아야 한다. 때때로 아프고 무너지는 순간들에도 살아야 하는 인간의 일은 쉴 수가 없다. 아무리 엄마라도 타인 몫의 고통을 대신 짊어져 줄 수는 없다. 늘 최선을 다하면서도 자식에게 빚을 진 듯한 느낌이 드는 건 아마도 아무리 헌신하여도 사람이기에 가지는 한계가 있기 때문이다. 이따금 공황발작을 하는 나를 안고 당신은 말한다.

"어떻게 해. 어떻게…. 미안해. 내가 다 미안해."

누군가에게 미안한 것은 누군가를 최선을 다해 사랑하기 때문이다. 성숙하지 못해서, 표현에 서툴러서, 예민해서, 밥 한 끼 제대로 차려주지 못하는 형편없는 요리 실력이라서. 이런 나라서… 이런 나 때문에 해야 했던 많은 일이 당연하지 않아서, 서로에게 당연한 존재가 아니라서. 미안하고 고맙고 사랑한다.

아마도 자신이 태어난 해를 기억하는 사람은 없겠지만 자장가 같은 느낌으로 남아 있으면 좋겠다. 베란다 창을 통해 들어오던 늦은 오후의 햇살. 부드러운 결을 가진 바람. 잔잔한 엄마의 자장가. 손바닥에 느껴지는 살결의 감촉과 냄새. 평온하고 나른한, 따스해서 기분 좋은 느낌. 그런 것들이

우리의 삶은 엉망진창으로 아름답다

지문처럼 마음에 담겼으면 좋겠다.

　살면서 두렵고 혼란스러운 순간을 마주칠 때 마음에 담긴 지문들이 알 수 없는 힘이 되어주길 바란다.

힘 들 때
품 을 수 있 을
만 큼 의
거 리 , 그 안 의 사 람

시간을 함께 쓸수록 우리는 묵직해진다.

힘들 때 품을 수 있을 만큼의 거리, 그 안의 사람.

아무 말 하지 않아도 저절로 알게 되는
아끼고 살피고 애달픈
그런 마음들.

고 독
의   즐 거 움

밤이 좋다. 밤은 무척이나 낭만적이고 자유로운
느낌이다. 평온함, 치유와 회복 그리고 마무리되는
느낌들이 밤의 사색과 어우러져 참 멋진 시간이 된다.
원래도 밤을 좋아하는 사람이었으나 아이를 낳고는
더욱더 좋아진다.

외로움과 고독 모두 혼자된다는 점에서 같지만 스스로
혼자이고 싶은 마음이 고독인 것 같다. 늘 외로워하지만
누군가를 곁에 두는 게 싫은 것처럼 말이다.

고독의 즐거움이라는 말을 참 많이 들었던 거 같다.
이 말뜻을 진정 이해하게 된 건 아이를 키우면서부터다.
아이를 키우기 전에도 시간은 늘 촘촘했다.

밤에 맥주 한 캔과 함께 그저 멍하니 창밖으로
지나가는 소음을 듣거나 에어컨 돌아가는 소리를 몇
시간이고 듣는 일들로 미친년 널뛰듯 흘러간 낮의
흥분을 가라앉힌다.

우리의 삶은 엉망진창으로 아름답다

아이를 키우는 지금, 내게는 그런 텅 빈 시간이 절실하다. 아이가 잠든 시간은 마음을 자유롭게 한다. 마음에 늘 아이가 들어있기 때문이다. 엄마의 시간은 아이의 시간과 같아서 깨어 있는 시간에는 아기의 시간을 살고 아기가 잠이 든 시간에야 비로소 나의 시간을 산다.

엄마의 욕구는 아기의 욕구로 제한될 때가 많다. 엄마에게 혼자인 시간이 꼭 필요한 것은 '원할 때 할 수 있는' 자유의 회복이기 때문이다. 스스로를 돌보고 자기 자신이 된다.

아기를 키우기 전에는 당연했던 시간. 나로 사는 시간이 즐겁다. 어떤 나인지는 상관없다.

엄마에게도 엄마가 아닌 시간이 필요하다.

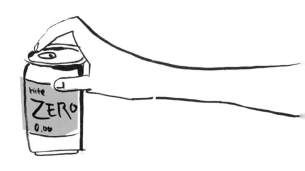

해
방

아기가 생기자 사랑은 받는 것에서
주는 것이 된다.
이것은 나를 해방시킨다.

인정받아야 하고 사랑받아야 했다.
나는 증명되기 위해 끊임없이
타인들에게 무엇인가 받아야 했다.

행복과 만족을 쥐고 있던 타인은
내가 어쩔 수가 없는 것이라서
나는 늘 불안했다.

타인이 필요 없어진 지금에야
편안한 기분이 된다.

일종의 해방이다.

우리의 삶은 엉망진창으로 아름답다

살 리
는   말

　아기와 침대에 엎드려 책을 읽는다. 어제는
낯간지러운 말이었는데 오늘은 지난 평생보다 넘치게
말한다. 말이 간지럼을 태운다. 내 말을 내가 듣는
일인데도 체온이 오른다. 등껍질을 벗는다. 겉멋 든
슬픔을 벗는다.

　사랑한다는 말밖에 없는 책을 아기에게 읽어주며
심각한 얼굴로 읽던 복잡한 일들을 덮는다. 태어나서
아기에게 처음 들려주는 말들이면 살아가며 필요한 말은
이미 다 배운 것이다.

　나이가 들어가며 우리는 기죽이는 말을 배우고, 상처
주는 말을 배우고, 비교하는 말을 배운다. 뾰족하고 거친
말들을 주고받으며 마음 아파한다.

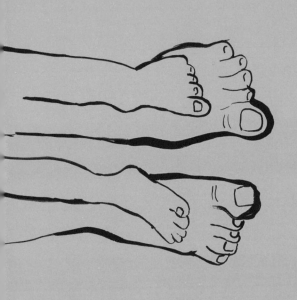

말

따스하고 다정한 말들을 건네받으면 뻣뻣했던 마음이
풀어진다. 내게는 "김치 있냐?", "아픈 데는 없지?",
"뭐 사갈까?" 같은 말들이 그렇다. 말은 태어나면
사람의 마음속에서 산다. 마음에 담긴 말들로 힘을
내기도 슬퍼지기도 화가 나기도 한다.

말이 사람을 가둘 수 있다고 생각하게 된 건 유난
떤다는 말을 어떤 이에게 듣고부터였다. 그 말은 마음에
숨어있다가 무언가 할 때마다 튀어나와 스스로 눈치를
보게 만들었다. 비록 그것이 나만 눈치챌 만큼이지만
편안하고 자연스럽게 행동하지 못하게 되었다.

누군가 내게 유난 떤다고 하면 나는 유난 떠는 사람이
되어버린다. 규정짓는 말은 그렇다. 규정짓는 대상의
본질과는 상관없이 누군가 그렇게 규정해 버리면 나는
그런 사람이다.

'드세다. 유난 떤다. 관종이다'와 같이 사람을 가두는
말들. '여성스럽다. 다소곳하다'와 같이 사람을 길들이는
말들. 비겁한 사람들의 언어는 슬프고 폭력적이다.

우리의 삶은 엉망진창으로 아름답다

"임신하면 다 그런 거 아니야?"

"입덧, 너 정도면 양반이지."

"어련히 알아서 해줄까. 너도 참."

"괜찮아. 안 죽어."

"너만 애 키우냐?"

"우리 때는 말이야." 같은 말들.

문제가 있어도 문제 삼지 말고, 남들과 같이, 동글동글하게
살라는 사람들. 배려 없는 사람들의 말이 마음에 쌓인다.

타인을 비난하여 자신을 세우는 일은 쉽다. 비겁하지만
쉽다. 냉소적으로 살아가는 일 역시 어렵지 않다. 냉소적이고
비판적인 태도는 방어적이지만 근사해 보이기도 한다.
친절하고 다정한 태도를 지니는 것은 어렵다. 세상은 우리를
내버려 두지 않기 때문이다.

그렇지만 관대하고 다정한 태도를 유지할 때 우리는
행복해진다.

일 상 은
스 쳐   지 나 가 는
사 소 한   기 적 들 로
이 루 어 진 다

    네가 태어난 지 100일이 되었다. 엄마가 된 지 100일
되었다. 엄마가 되어보니 아기를 키우는 일은 닥치면
하게 되는 자연스러운 일이 아니었다. 알아야 하는
것을 나는 알지 못했고 낮에는 너를 돌보고 네가 잠든
시간에는 갓난아기를 키우는 법을 배워야 했다.
    너를 배에 품고 있을 때만 하더라도 자신이 있었다.
아기를 낳으면 당연히 젖이 나오고 아기는 당연히 젖을
먹는 법을 아는 줄 알았다. 다정한 목소리로 자장가를
부르면 곧 쌔근쌔근 잠이 드는 줄 알았다. 너는 젖을

                    우리의 삶은 엉망진창으로 아름답다

무는 법을 몰랐고 나는 젖이 모자랐다. 모유 수유 전문가도,
블로그에 올라온 같은 어려움을 겪은 엄마들의 경험담도,
유튜브도 책도 도움은 되었지만 해결해 줄 수 없었다. 너와
나. 사람과 사람의 문제여서 답이 없었다. 우리는 우리의 답을
찾아야 했다.

　모든 것은 그랬다. 먹는 것을 좋아하지 않는 네가 행여
탈수라도 올까 봐 전전긍긍하며 기저귀 개수를 세고 그것도
모자라 소변 기저귀 무게를 쟀다. 변의 색깔을 관찰하고 눕히면
자지 않는 너를 재우기 위해 아빠와 나는 번갈아 가며 널 안고
소파에 앉아 잠을 잤다. 네 울음이 평소와 다르면 어디가
아파서일까 소아과로 달려갔고 몸무게가 정상 범위로 늘지
않으면 먹이는 일이 나의 소명인 것처럼 대했다.

　어느 날 정신을 차리고 보니 너는 나를 보고 웃고 있었다.
울음으로만 이야기하던 네가 웃음으로 말을 건넨다.
생존시키는 일에 전전긍긍하느라 눈치채지 못한 사이 너는
눈의 초점을 맞추는 법을 익히고 얼굴 근육을 쓰는 법을 알게
되었으며 목소리를 울음이 아닌 다른 것에 쓰는 법을 알게
되었다.

　태어나 처음 만난 순간, 나의 손가락을 꽉 쥐던 순간, 내
얼굴을 두 손으로 잡고 쓰다듬는 순간도 모두 내게는 기적과
같은 순간이다.

　살아내느라 보지 못한 사소한 기적들을 생각한다. 겨울이
지나가니 거리는 어김없이 꽃을 피워낸다. 오늘은 특별한 날이
아닐 수도 있다. 이른 저녁을 먹고 집 앞 중랑천 변을 산책한다.

꽃이 바람에 흩날리고 유모차에 있는 너는 기분이 좋은지
다리를 동동거린다. 돌아보면 오늘은 특별한 날일지도 모른다.
　일상은 스쳐 지나가는 사소한 기적들로 이루어진다. 지금의
내가 되기까지. 결혼하기까지. 내 배로 아기를 품기까지.
그 아기가 태어나 내게 웃어주는 지금까지 어느 하나 당연한 것
없는 기적의 순간들이다.

　보려고 하지 않아서 기적은 없다.
　살아낸 모든 생, 그 모든 것이 기적이다.

　　　　　　　　　우리의 삶은 엉망진창으로 아름답다

SUN

LIVE BY LOVE

Chapter 3 · 낯설고 사소한 날들을 산다

타 인 을
책 임 지 는
삶

아무것도 할 수 없을 때 아무것도 하지 않았다.
주저앉고 싶을 때 주저앉았다. 스스로만 책임지는 삶은
타인을 책임지는 삶을 알지 못했다. 나는 뭣도 몰랐다.
타인이 대신 비를 맞아주는 삶을 산다고 생각했다.
전업주부의 삶은 쉽다고 생각했다.
　부부가 아닌 누군가 아기를 맡아줄 수 있는 상황이
아니면 부부 중 한 명은 아기를 돌보아야 한다. 나
자신이 아닌 타인을 위한 삶이 시작된다. 형태가 달라진
삶을 받아들이는 일조차 쉽지 않다.

　엄마가 되고 가장 힘든 것은 엄마인 나와 엄마가 아닌
나의 자아가 맞서는 일이다.

　　　　　　　　우리의 삶은 엉망진창으로 아름답다

엄마인 나는 아기와 함께하길 바라고 나의 자아는 무언가 이루기를 바란다. 무엇을 선택하든 아쉬움은 남는다. 부부 중 한 사람이 경제활동을 한다는 것은 다른 한 사람은 '무엇'이 될 수 있던 자기 삶의 기회와 시간을 꾹꾹 눌러 삼켜서 그에게 내어 주는 걸 의미한다.

누군가는 그 공백 뒤에 다시 사회라는 트랙에 올라타 달리기를 계속 이어가지만 모두 다 트랙 위로 복귀할 수 있는 것은 아니다.

아기를 키우기 전에는 늘 간단했다. 아기를 키우면서도 일을 해야 한다고. 쉽게 일을 포기해 버린다고 생각했다. 나는 그들이 엄마와 자아 사이에서 얼마나 많은 눈물을 흘렸는지 알지 못했다. 가끔 가슴에 뭐가 들어찬 듯 답답해서, 아기 앞에서 속절없이 눈물이라도 흐르면, 마음의 표정을 숨기기 위해 얼마나 슬픔을 삼키고 웃었는지 모른다.

자신보다 더 소중해서 기꺼이 아기를 돌보는 삶을 택하지만, 문득문득 온몸에 차오르는 오롯이 자신이 되고자 하는 욕망을 누르는 게 얼마나 힘든 일인지 몰랐다.

아기는 생에 가장 찬란하고 행복한 '무엇'이다. 돈을 버는 일은 자신을 내려놓고 사회에 비위를 맞추고, 육아는 자아를 갈아 넣어서 하는 일이다.

타인을 책임짐에 있어 쉬운 역할은 없다.

분 주
한   고 독

　잘 정돈된 부엌이 슬펐다.

　제자리여서 슬펐다. 나아지는 것이 그대로이기
위해 바쳐지는 노동이 슬펐다. 시간이 되면 어김없이
되돌아오는 허기와 반복되는 노동의 흔적이 물에 씻겨
나가는 것이 슬펐다. 보이지 않은 숨은 일들이 집안에서
매 순간 생겨난다는 사실이, 그것들의 노동 강도에
놀라웠다. 그리고 그 일들은 경력이 될 수 없음이
슬펐다.
　나의 지금이 잔치를 끝낸 집의 부엌 같이 느껴진다.
애쓰고 애써도 제로에 수렴되던 날들이, 아무리 걸어도
제자리 같은 나의 하루가 슬펐다.

아 무 도
편 한   사 람
이   없 다

    청탁받지 않은 원고를 쓰는 일과 청탁받은 원고를
쓰는 일은 하늘과 땅 차이이다. 취미와 일 같은
느낌이라고 할까? 취미는 사정이 되면 하는 것이지만
일은 개인의 사정을 정리한다.
    청탁받은 원고를 써야 하는 나는 시간을 요구할 수
있는 권리가 획득되었다. 육아하면서 가장 비싼 것은
혼자 있는 시간이다. 두 번쯤 울음이 소리를 냈던 날
새벽에 당신은 말했다.

    "난 네가 글 쓰는 것을 '일'이라고 생각하지 않았나
봐."

우리의 삶은 엉망진창으로 아름답다

당신은 육아와 일, 엄마와 자아 사이 나의 절박함을 알지
못했던 거 같다. 퇴근하고 온 당신이 저녁 시간에 아기를
맡아주면 글을 쓰리라 생각했는데 너무 단순한 발상이었다.
당신은 집에 오면 좀 쉬고 싶었을 거고 나는 당신에게 아기를
맡기고 육아 퇴근을 하고 싶었다. 내 몫의 삶을 살고 싶었다.

우리는 주말 부부를 결정했다. 나는 아기와 친정으로 갔다.
노트북을 들고. 모두가 골고루 괴로워지는 일. 백지장도 맞들면
아무도 편한 사람이 없다.

일과
육아 사이
어설픔과
눈물

"오빠 나 글 그만 쓸까 봐."

"무슨 일 있어?"

"아니. 그냥. 이게 그냥 욕심인가 싶어서…. 엄마도
오빠도 아기도 다 내가 글을 안 쓰면 편해지는데 내가 뭘
위해서 이렇게까지 하는지 잘 모르겠어서."

아기에게 우는 걸 들키지 않으려 눈을 치켜떠도
입술을 더 꽉 깨물어도 눈물이 난다. 잘하고 싶은 마음
때문인지 무엇 때문인지 잘 모르겠다. 사실 요즘 나는
어쩔 줄 모르겠다. 어쩔 수 없는 일들은 어쩔 수 없는
건데 그 어쩔 수 없는 일들이 너무 많다.

당신도 엄마도 아기도 다 날 도와주는데 도움을
받으면서도 무언가 억울한 기분이 든다. 남들은 잘만
하는 거 같은데 왜 나는 힘만 들고 해내는 것이 없을까?

우리의 삶은 엉망진창으로 아름답다

나만 이걸 포기하면 모두가 행복한데 나는 무엇을 위해서
모두를 고생시키는 이 길을 걷는 걸까?

일과 육아. 그 사이에서 나는 점점 어설퍼진다. 어떤 것도
집중하지 못하고 어떤 것도 잘 해내지 못하고 있다. 해야
할 일이 이렇게나 많은데 나는 이미 녹초가 된다. 끊임없이
무언가를 하지만 무엇 하나 제대로 한 것 없이 하루가 끝이
난다. 마음이 동동거린다. 일을 켜면 육아가 꺼지고 육아를
켜면 일이 꺼져야 하는데 내 스위치는 둘 다 꺼짐 버튼이 없다.
허둥대고 속만 탄다.

나는 엄마가 된 여자의 삶을 온전히 받아들이지 못하고 있다.
어느 부분은 포기해야 하는데. 아무것도 포기하지 못해서
혹은 포기가 되어져서…. 머릿속에 그렸던 것과는 차원이
다른 하루를, 아무것도 제대로 해내지 못하는 어설픈 나를
받아들이지 못하고 있다.

"잘해 봐. 당신 지금도 잘하는데. 조금만 더 우리 잘
버텨보자."

이상하다. 당신에게 눈물을 쏟아내면 그간의 힘듦이 견딜
수 있는 만큼으로 변한다. 밤에 나는 많은 걸 놓고 싶을 만큼
힘들었는데 아침에 나는 다시 괜찮아진다.

나는 다시 하루를 산다.

2 0 2 0 . 8 . 9 .

남 편 과 의   카 톡

"부모라는 게 몰랐는데 이렇게 돼 보니 눈물이 나는
거였네. 애잔해. 울었어. 난 부모에게 기쁨을 주는
사람인가 해서."

"어떤 시절 이후의 난 늘 아픈 손가락이었어. 아마도
내가 아기였을 땐. 그땐 부모님을 기쁘게 해 드렸겠지.
그 짧은 기억, 그게 평생 자식 바라기를 하게 만드는
걸까?"

"엄마에게 전화했다. 부모가 돼 보니 정말 고맙고
미안하다고. 살다 보니 못나진다. 적당히 포기하고 살다
보니 못나져. 벌써 부모 장례 걱정해야 할 나이에 이제야
이러고 있다."

우리의 삶은 엉망진창으로 아름답다

"나도 그렇지 뭐. 남들은 집도 사주고 차도 사주고 한다는데 가전제품 하나 바꿔준 적이 없어. 참 못난 딸이다."

"마찬가지야."

"못나진다는 그 표현. 난 그 못나지는 걸 스스로 들키고 싶지 않은 거 같아. 그래서 자꾸 탓을 해. 그게 어쩔 땐 당신인 거고."

"맞아. 내가 잘했네, 니가 잘했네! 그런 거 다 알면서도 우기는 거야. 내가 점점 못나지는 걸 들켜서. 그래서…"

하…. 속이 어지러운 날이다.

아 이 보 리
비 누

얼마 전 아기를 보러 서울에 오신 아빠가 아이보리
비누 하나를 건넸다.

"이거 아기 씻길 때 써."
"아빠, 요즘 누가 비누로 씻겨."
"너 어렸을 땐 이거로 씻겼어."
"그러니까 38년 전이잖아!"

퉁명스럽게 받아쳤는데 아빠가 시골로 내려간 뒤
욕실에 남겨져 있는 비누가 눈에 밟힌다.

우리의 삶은 엉망진창으로 아름답다

난 아기 때 할아버지 할머니와 함께 살았다. 내 목욕은 할아버지 할머니 담당이었고 엄마 아빠는 가끔 날 씻길 수 있었다고 한다. 그때 할아버지 할머니처럼 이제 할아버지가 된 아빠가 손녀를 씻기고 싶은 마음. 첫 아이였던 나를 씻기던 부모의 마음. 잘 모르는 서울 동네 마트를 찾아가서 그 비누를 기억하고 샀을 그 마음. 그 마음들을 모두 상하게 한 거 같아 마음이 아리다.

괜스레 아빠에게 전화해 잘 있냐고, 더운데 자전거 타지 말라고 하고 전화를 끊는다.

안
돼

내 기억이 여섯 살부터니 아마도 동생은 세 살이었을
거다. 마당에서 오리를 몰고 다니고 강아지를
쫓아다니는 게 그 시절 동생의 일이었다. 우리는
개구리나 나비를 쫓아다니기도 했고 이유 없이 뛰기도
했고 자전거를 타기도 했던 것 같다. 비닐하우스의
뼈대를 철봉 삼아 놀고 산에서 비료 포대로 썰매를
타기도 했다. 마당에 있는 감나무를 타기도 했고
할아버지가 마루에 매어준 그네를 탔다. 온 벽에
크레파스로 그림을 그리기도 했다. 옷을 버리는 것이
당연했고 아파트에 사는 것처럼 조심조심 행동할 필요가
없었다. 눈을 뜨면 동생과 나는 모험을 떠날 준비를
했다. 온 집안이 신나게 놀 것 천지였다.

우리의 삶은 엉망진창으로 아름답다

크면서 '안 돼'라는 말을 별로 들어본 적이 없다. 나는 벌써 "안 돼."라는 말을 하기 시작했다. "안 돼. 위험해.", "안 돼. 지지.", "안 돼. 먹지 마.", "안 돼. 다쳐."

친정엄마는 "괜찮아. 무균으로 살 수 없다.", "괜찮아.", "그 정도는 괜찮아."라고 하신다.

부모님은 권위적이지 않았고 우리는 자유로웠다. 돌이켜 생각해 보면 나의 가장 큰 행운은 부모님으로부터 그 무엇도 강요받지 않았다는 거다. 좋은 성적을 강요한 적도 없으셨다. 피아노, 주산, 미술, 태권도, 판소리, 무용, 영어. 기회를 주었지만 결과에 개의치 않으셨다.

내가 '안 돼'라는 말을 주로 듣고 자랐다면 무언가 시작하기에 앞서 망설이는 사람이 되었을지 모른다. '안 돼', '돼'. 행동의 금지와 허용을 타인에게 허락받는 사람이 되는 것이다.

나는 아기를 보호해야 하는 의무가 있지만, 어느 선까지가 적정한지 늘 의문이다. 그 선은 상황에 따라 시기에 따라 바뀐다. 어떤 선이 적정하겠다고 결론을 내리면 아이는 벌써 훌쩍 커 있다.

대부분 '안 돼'라는 말은 부모의 두려움에서 나온다. 아기는 부모의 영향 아래 놓인다. 아기를 키우기 위해서 내가 자라야 한다. 너무 많은 걱정이 나도 아이도 자유롭지 못하게 한다.

안
되 는   사 람

"엄마. 공황발작이 와도 아기가 옆에 있으면 곧
괜찮아져. 정말 신기해."

"상아야, 아기 앞에서 아픈 모습을 보이면 안 돼.
아기들은 다 알아. 그러다 언젠가 아기가 엄마를
안쓰럽게 생각하는 날이 올 거야. 그러면 아기가 엄마를
보호해 줘야겠구나 생각하기도 하고 이제
네 눈치를 보게 될 거야. 그런 걸 원치는 않잖아.
그러니까 부모는 자식 앞에서 아프면 안 돼."

우리의 삶은 엉망진창으로 아름답다

READ LOVE

타 인 의
속 도 로   사 는
일

　　엄마와 걸으며 신나게 이야기하다 대꾸 없는 엄마의
대답을 채근하다 보면 엄마는 저만치 앞서 있다.
엄마의 걸음은 빠르고 내 걸음은 느리다. 혼잣말하며
걷다가 무안해서 타박하는 내게 엄마는 바쁘게 살아서
그런다며, 이제는 바쁘지 않아도 빠르게 걸어야 한다고
말한다. 그게 엄마 걸음의 속도라면서.
　　엄마가 아기를 봐주어서 틈이 났다. K와 시장 안에
있는 식당에서 순대국밥을 사 먹고 들어오는 길에 K는
시장의 좌판들을 살피느라 느린 걸음을 걷는다. 젖먹이
아기 엄마에게 주어진 시간. 시간의 틈이 끝나간다는
것을 본능적으로 안다. 나는 빠른 걸음을 걷고 K는 느린

　　　　　　　우리의 삶은 엉망진창으로 아름답다

걸음을 걷는다.

"뭐 사게?"
"아니. 그냥 보는 거야."
"천천히 보다 와. 나 먼저 가게."
"같이 가. 기다려 봐."

　예전에 엄마가 내게 하던 말들. 엄마의 빠른 걸음이 떠올라
먹먹해진다. 엄마는 4형제를 키우며 시부모님을 모시고
맞벌이를 했다. 하루라도 마루를 닦지 않으면 소복이 먼지가
쌓이는 한옥에서 계절마다 창호지를 새로 바르며 농사를 짓고
살림을 하고 아기를 키우며 맞벌이를 했다. 온 동네잔치를
치러내고 할아버지가 장남이 아님에도 수많은 제사상을
차렸다.
　누군가를 돌보는 삶을 사는 사람은 자신의 속도로 살아갈 수
없다. 이제야 안다. 엄마의 빠른 걸음이 몇 명분의 삶이었는지.
얼마나 자신에게 주어진 틈이 없었는지. 모두 엄마에게
달라고만 하고 내주지 않았던 시간이었는지. 지금도 글을
쓰겠다고 내려와 엄마의 틈에 기대어 있다.
　프라이팬에 만든 카스텔라. 버거집이 없던 시골 동네, 빵과
패티를 사다 만들어 준 햄버거. 곰솥에 끓인 국과 카레. 매년
함께 심던 채송화. 수수깡으로 만든 방학 숙제.
　엄마의 틈으로 만들어진 기억들. 예전에는 아름답기만 하던,
지금은 아름다울 수만은 없는 기억들이다.

부
모

왜냐고 괜찮다고
힘내라고도 하지 않았다.

살면서 흐느끼게 될 때
서울로 간 딸은 늘 돌아왔고

무심한 듯 애틋하게
엄마는 늘 그 자리에 있었다.

떠나올 때만 해도
해 볼 만해 보이던 사는 일들.

부모보다 잘살 줄 알았던 세상.
스스로를 다그치다 세상도 탓해보다

달려가 안긴다. 마음을 비빈다.
아직 투정 부릴 수 있는 품에.

FAMILY MAN

Keeping my sight on their lives and asking after their well-being

Chapter 4

●

그들의 인생에
눈을 맞추고
안녕을 살핀다

나 는
나 를   더   사 랑 했 어 야
한 다

아기를 키워보니 알겠다.

쌍꺼풀 수술을 하지 않아도 내가 얼마나 예뻤는지.

얼마나 많은 기쁨과 행복에 찬 눈빛을 바라보며

자랐는지. 누군가의 희로애락을 쥐락펴락할 만큼

중요한 사람이었는지.

울고 웃고 염려하고 보낸 수많은 날처럼

내가 얼마나 소중한 사람이었는지.

나는 나를 더 사랑했어야 한다.

그들이 나를 사랑한 만큼은 아니라도

나를 위해 보낸 날들을 위해서라도.

나는 나를 더 사랑했어야 한다.

우리의 삶은 엉망진창으로 아름답다

어른이
되는   슬픔

증오하고 원망하던 사람을 이해하게 되었을 때.
더 이상 누구도 미워하지 못하게 되었을 때.

그때 나는, 어른이라 불리는
조금 슬픈 사람이 되었다.

나는 네가
어른이 되는 슬픔을 알지 못했으면 좋겠다.
슬픔을 알지만 네가 슬프지 않았으면 좋겠다.

우리의 삶은 엉망진창으로 아름답다

객 관 성
의   상 실

거울 앞에 너무 바짝 다가가면 아무것도 볼 수 없다.
무언가와 아주 가깝다는 건
의외로 그것을 모르는 상태이다.

외면한다는 건 이런 게 아닐까.
똑바로 보아도 볼 수 없는,
믿고 싶은 대로 믿어버린 사실과 진실 사이의 무엇.

나는 나와 아주 가까운 사이이다.
외면한 것은 누군가가 아니라 스스로이다.
공황 같은 것은 그렇게 시작된다.

ME

ME

우 연 과
필 연 사 이 의 인 간

 필연이 되고자 하는 인생의 노력들이 우연의 곁을
스친다. 우리를 허무에서 구해주는 노력은 의도일 뿐
결과가 아니어서 슬프다. 발버둥 치며 벗어나려 하는
것은 삶을 통제할 수 없는 인간의 한계와 그 속에서 오는
무기력함인지도 모른다.
 어떤 사람은 운이라 표현하고 어떤 사람은 복이라고
하고 어떤 사람은 운명이라고 했다. 산다는 건
늘 결과론적이라 이따금 아프고 슬프다. 누군가는
받아들이라 하고 누군가는 극복하라고 한다. 나는
무엇이 맞는 태도인지 모르겠다.
 달린다. 달리고 또 달려서 나아가려 해 본다. 때로는
헤엄치는 일을 멈추고 파도에 몸을 싣고 둥둥 떠다닌다.
아무리 부정해도 받아들여야 하는 허무와 무기력은
인간이어서인지, 내가 못나서인지 구별이 되지 않는다.
 불안은 결국 삶의 불확실성에 근거한다는 것을

우리의 삶은 엉망진창으로 아름답다

체득했기 때문이다. 나이가 들수록 불만은 많아질지언정
불안이 적어지는 건, 실패도 성공도 신의 장난 같은 우연이라는
것을 받아들였기 때문인 거 같다.

　어제는 알지 못했다. 무엇을 내려놓으라는 건지,
받아들이라는지, 비우라는지. 명상을 하다가도 점집에
쫓아가서 미래의 불행들을 피하려고 점을 본다. 오답 노트를
적듯 인생에서 인정할 수 없는 어떤 부분의 이유를 묻는다.
나는 늘 이해되어야 속이 시원해서 고통받는다. 타인의 삶과 내
삶을 번갈아 보며 공평하지 못한 운 같은 것들에 고통받는다.
　신발 밑창에 들러붙은 껌처럼 그저 살았을 뿐인데 불운들이
찐득하게 들러붙는다. '왜 내게 이런 일이 일어나는 것일까?'
아무리 물어도 납득할 만한 이유가 존재하지 않는다. 일어나지
않은 최선을 상상하고 내 선택을 탓하느라 괴로워진다.
　인생의 불공평함에 분노하다 한탄하다 자조하다 결국은 어떤
면에서는 공평한 것임을 알게 된다. 누구에게나 일어날 수 있는
일. 내게 일어나지 말란 법도 없는 그런 확률 같은 일임을.
　내가 짊어질 수 있는 무게와 상관없이 인생의 무게가
느껴진다. 때론 무겁게 때론 가볍게. 그러니까 너무 심각할
필요가 없다.

　엄마의 말처럼 산다는 건 운칠기삼.
　행운이든 불운이든 웃어넘기면 된다.
　속은 좀 쓰리겠지만.

멀리서
바라보기

다리를 잃은 저 타인보다 내성 발톱으로 절뚝대는 내
고통이 더 크게 느껴지는 게 살아가는 일이다. 늘 봄을
살 수 없는 우리가 삶의 그늘로부터 스스로를 지키는
방법은 거리를 두고 바라보는 것이다.

커다란 것들은 멀어져야 전체가 보인다.
큼직한 것들도 멀리서 보면 작아진다.

삶과 나는 관조되어야 한다.

투
명 인 간

'텅 빈 유리병을 들고 젠체하면 뭐 하나. 그만큼인 걸
모두에게 들킬 만큼 투명한데'

어느 나이가 되니 사람들이 점점 투명해진다. 피부
바깥으로 고독 같은 것. 슬픔 같은 것. 나약한 것들이
새어 나온다. 피부 안쪽에서 감추고 싶은 것들이
투명하게 반짝인다.

"나는 눈동자가 작아 뜨고도 잘 못 봐요. 내게 들킨
것들은 당신의 갑옷뿐입니다."

오늘 나는 친절한 어른이 된다.

우리의 삶은 엉망진창으로 아름답다

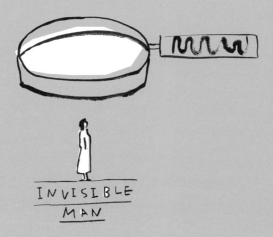

INVISIBLE
MAN

너 그 러 워 지
는   일

아줌마들 사이에 있으면 나도 이제 아줌마임에도
뭔가 기에 눌린다. 탕 안에 들어가니 누군가 내게 말을
걸어온다. 모두 잘 알고 있는 듯 보였는데 모르는
사이일지도 모르겠다.

목욕탕에 갈 때면 생각했다. '운동을 열심히 해서
저렇게 늙지 않아야지…' 미처 몰랐다. 아기를 낳으면
가슴과 배가 처진다는 것을….

젖이 불고 무게를 못 이긴 가슴이 처지기 시작한다.
정면을 보고 있던 젖꼭지가 미묘하게 아래를 향한다.

우리의 삶은 엉망진창으로 아름답다

급작스럽고 단시간 내에 이루어지는 일에 몸도 마음도 나도
적응하지 못하고 있다. 아기의 집이 되어준 배 역시 다시
예전으로 돌아가지 못하고 있다. 아기를 낳으면서 배에 있던
근육도 모두 낳아버린 느낌이다. 늘어난 가죽은 생각보다
줄어들지 않는다. 아마도 되돌릴 수 있는 탄성의 범위를 벗어난
느낌이랄까?

　내 앞에 앉아 있는 서너 명의 아줌마들도 냉탕에 모여서
아이처럼 폭포 같은 물을 맞고, 후후후후 기합을 넣으며 무릎을
높게 올려 걷는 아줌마들도 모두 처진 가슴과 늘어난 배를
가지고 있다. 게으르고 자신을 돌보지 않는 몸이 아니라 모두
생명을 품고 길러낸 자랑스러운 몸이다.

　이제 더 이상 타인의 인생을 속단하지 않는다. 이해할 수
없던 타인의 삶은 내가 아직 덜 살았기 때문인지도 모른다.

　아름답게 늙어가는 일은 보톡스를 맞고 레이저를 하고
필라테스를 하며 도예 같은 것을 배우는 일뿐만 아니라
너그러워지는 일인 것 같다. 사람, 삶을 받아들이는 품이
커지는 것이다. 아기를 품고 나서야 마음의 품이 커진다.
아름다움을 거울이 아닌 마음으로 비춰 보기 시작한다. 이런 게
아기가 엄마를 키운다고 하는 걸까?

　늘 내게로 향해있던 시선이 타인에게 향한다. 나를 돌보기
급급해 충분히 바라보지 못한 가족과 같은 가까운 타인들을
이제서야 바라본다. 내 양팔로 안을 수 있는 사람들, 그들의
인생에 눈을 맞추고 안녕을 살핀다.

아 기 를   키 우 고
관 대 해 지 는   것 은

아기는 나를 괴롭히려 울지 않는다.
어른들의 불만, 불평, 짜증, 화도
어떤 의도라기보다
새어 나온 자신의 괴로움 같은 것이다.

우리의 삶은 엉망진창으로 아름답다

연 금 술
사 의   요 리

    당신의 요리는 뭔가 좀 번거롭다. 양념에 들어가는
양파 다진 게 맛의 비결인 것 같기는 한데 참 귀찮다.
볼에 고춧가루, 고추장, 간장, 다진 양파, 마늘, 설탕을
넣는다. 당신은 올리고당을 쓰지만 나는 설탕이 들어간
맛이 좋다. 엄마는 냄비에 고추장, 설탕 이렇게 따로따로
넣고 당신은 모든 양념을 볼에 넣고 섞은 뒤 한꺼번에
냄비에 넣는다. 혼자 살 땐 엄마 방식으로 요리했는데
지금은 당신 방식으로 한다. 무 껍질을 까서 툭툭
자른다. 감자를 깎아 퉁퉁퉁퉁 자른다. 냄비 바닥에 무를
깔고 사이사이 감자를 올린다. 김치를 두껍게 올리고
핏물 뺀 등갈비를 김치 위에 올린다. 그 위에 양념을
놓는다. 아, 미림. 엄마는 미원이나 다시다를 쓰고
당신은 미림을 쓴다. 내 요리에는 조미료를 안 쓴다며

              우리의 삶은 엉망진창으로 아름답다

자부심 있어 하지만… 냄비 뚜껑을 닫고 가스불을 켠다.

오늘은 책장 정리를 하려 했는데 장을 보고 김치찜과 어묵볶음을 하니 하루가 갔다. 벌써 당신이 퇴근할 시간이다. 도착하기 10분 전에 전화하라고 카톡을 하다 문득 이것이 늘 당신이 내게 하던 카톡이었음을 떠올린다.

"출발할 때 전화했는데 왜 꼭 도착하기 10분 전에 또 전화하라고 해?"
"그래야, 너 도착할 때 맞춰 음식을 데우지…"

야근이 많던 나를 대신해 6시에 퇴근하던 당신이 준비했던 저녁, 늘 따뜻했는데 시간에 맞춰 데운다는 걸 몰랐다.

"연금술 하지 말고 조리만 하라고 했을 텐데…. 재료 아까우니까."
"먹고 죽지나 마. 둘이 먹다 하나 죽어도 모르니까."
"진짜 죽을지도 몰라. 카레를 이기는 맛과 향이 없어, 별로. 건데 카레에서 흙 맛이 나게 하니까. 연금술이지 연금술."
"그건 버섯 카레였어. 엄마가 표고 좋은 거 보냈다고 해서 넣은 거야."
"연금술사님 탄산수 사 갈까요?"

오늘 저녁에는 내 연금술이 당신을 따뜻하게 해 줬으면 좋겠다.

행 복
은   쉽 다

웃는다. 이빨이 없는 잇몸이 웃는다. 코를 찡그리며
웃는다. 눈을 찡긋하며 웃는다. 흐응흐응흐응 웃음
시동을 건다. "까르르" 소리 내어 웃는다. "까악"
소리를 지르며 웃는다. 팔을 내리치며 웃는다. 다리를
버둥거리며 웃는다. 애교는 아기가 부리는 것이 아니다.
어른이 부리는 것이다.

행복은 태어날 때부터 쥐고 태어난다. 웃음과 울음은
본능이다. 기쁠 때 웃고 슬플 때 울면 된다. 어른들은
반대로 복잡하게 산다. 긴장해서 주먹을 꽉 쥔다. 긴장을
풀고 주먹을 편다. 웃는다. 모두가 웃는다. 웃는다.
마음이 큰소리로 웃는다. 즐겁다. 신난다. 쉽다. 행복은
이토록 쉽다.

우리의 삶은 엉망진창으로 아름답다

팔 짱 을   끼 면
우 리 는   같 은   속 도 가
된 다

　　이어폰을 끼고 빠르게 걸으며 운동하는 사람. 뭐가
그렇게 좋은지 연신 웃어대는 한 무리의 사람들. 장미가
흐드러진 밤, 중랑천 변에는 걷는 사람들로 가득하다.
베이지색 바람막이를 입은 아저씨는 가끔 멈추어 서
강아지와 걸음을 맞춘다. 걸음이 빠른 당신도 잠시
멈추어 나와 속도를 맞춘다.

　　우리는 손을 잡는다.
　　팔짱을 끼고 걸으면 우리는 같은 속도가 된다.
　　팔짱을 끼면 서로를 다그치지 않아도
　　저절로 걸음이 맞춰진다.
　　당신의 삶에 달려가 내 삶이 팔짱을 낀다.
　　우리는 함께 걷는다.

처
세 술

    아기는 자고 오랜만에 오징어 한 마리를 구워 식탁에
앉는다. 당신은 맥주를 나는 물을 마신다. 오징어를
씹으며 당신은 내가 처세술이 없어서 사람들이
오해한다고 말한다. 나는 처세술이 필요한 것이냐고
묻는다. 내가 하는 것만이라도 남이 알아볼 수 있게 해야
한다고 답한다. 진심은 밖으로 말하지 않으면 모른다고.
나는 진심은 말하지 않아도 전해지는 것이라고
대꾸한다.

    "내가 평생 고맙다고 사랑한다고, 이런 말을 알아줄
거라 생각해서 안 해도 괜찮아?" 당신은 되묻는다.
    '진심은 말하면 더 좋은 것이구나' 하고 생각한다.

    엄마 생일날 드릴 용돈 봉투에 편지를 쓴다. 당신은
'장모님께'라고 쓰더니 마음을 술술 잘도 써 내려간다.
내 마음은 밖으로 나오는 게 쑥스러워 글이 되지 못한다.

우리의 삶은 엉망진창으로 아름답다

"작가라는 분이 남편 글을 커닝하십니까?" 당신의 글을 커닝해서 적어보지만 쑥스럽고 민망하다.

"혼자 여기저기 부딪치다 똑하고 부러지지 말고 말을 해, 말을."

"내가 사람들과 부딪치는 스타일은 아닐 텐데…"

당신은 말한다. 스스로 이리저리 부딪치고 부러진다고. 마음이 부러지기 전에 포스트잇에 적어 건네 달라고.

좋은 방법이다. 말은 마음을 부풀릴 때가 많다. 종이에 무언가 적는 것만으로도 마음은 정리가 된다. 괴로운 마음은 수다스러워서 뻥튀기처럼 뻥 하고 튀겨질 때가 많은데 문장이 된다는 건 문장만큼이나 간결해진다.

고마운 마음은 말로 매일매일 수다스럽게.
서운한 마음은 글로 간결하게.

그렇게 살아야겠다.

너 와
나 를   저 으 면
휘 휘   섞 여   우 리 가   된 다

"오빠. 아기가 태어나니까 짬짜면에서 짜파구리가 된
거 같아. 짬짜면은 짬뽕 같은 사람이랑 짜장 같은 사람이
그대로 한 그릇에 있다면 아기는 우리 둘을 휘휘 섞어서
짜파구리 같은 걸로 만드는 거 같아."

"결혼은 내가 짬뽕이 먹고 싶어도 짜장을 먹는 거야.
혼자 있으면 닭을 안 먹지만 닭을 먹는 거야."

순살 치킨을 좋아하는 사람. 뼈 있는 닭을 좋아하는
사람. 아프면 곰탕을 먹는 사람. 물에 빠진 고기는 입에
대지 않는 사람. 버리는 것을 좋아하는 사람. 버리지
못하는 사람. 맛집의 옆집에 가는 사람. 맛집에서 줄을
서는 사람. 초저녁에 잠이 드는 사람. 새벽이 되어서야

우리의 삶은 엉망진창으로 아름답다

잠이 드는 사람. 더위를 못 견디는 사람. 추위보다 더위가 나은
사람.

둘이 만났습니다.

뼈 있는 닭을 좋아하는 사람은 순살 치킨도 괜찮습니다. 물에
빠진 고기를 먹지 않는 사람은 아프면 곰탕을 먹습니다. 버리지
못하는 사람은 매일 쓰레기통을 비웁니다. 주말이면 나란히
맛집에 줄을 섭니다. 초저녁에 잠이 드는 사람은 새벽에 일어나
아기를 봅니다.

기
억

기억은 자주 들여다보면 선명해지고 잊고 지내다
보면 어느 순간 흐릿해진다. 슬픔, 행복 같은 것들도
기억 속에 살아서 자주 들여다보면 선명하고 생생하다.
기억이 낮은 온도로 끓는다. 슬픔은 기화되고 쓴맛이
사라진다. 추억에서 단내가 난다. 슬픔은 지내며 잊고
행복은 일부러 들여다본다. 산다는 것이 달콤해진다.
나이가 들어 입에서 쓴맛이 날 땐 달달한 것을 먹는다.
그것은 쌉싸름한 단맛이다.

우리의 삶은 엉망진창으로 아름답다

현
재 시 제

매일매일 같은 하루가 간다. 매일매일 다른 하루가 간다.
걸음을 걸으며. 과거를 떼고 미래를 딛는 상상을 한다.
발을 떼면 땅을 딛고 있던 걸음이 과거의 것이 된다.
땅에 발을 디디면 미래의 걸음이 지금의 것이 된다.
현재를 산다는 건 과거를 떼고 미래를 딛는 일이다.
사는 일에 지나치게 감상적일 필요가 없다.
떼고 딛는 일일 뿐이다.

과거의 것들을 과거에 둔다.
미래의 것들을 미래에 둔다.
산다는 건 현재 시제이다.

우리의 삶은 엉망진창으로 아름답다

G O O D

Morning

사
랑

사랑에서 가장 어려운 건 사랑을 지속하는 일이다.
사랑은 끊임없이 잔인해지고 행복은 사랑의 결과가
아니다. 뜨겁다가 차갑다가 결국은 미지근해진다.
미지근한 것은 식어버린 게 아니다. 뜨거움과 차가움
사이의 적절한 온도. 체온 같은 것이다. 깔깔깔 배를
쥐고 웃다가 미소를 띤다. 표정이 빙그레를 짓는 순간들.
순간들은 퇴적된다. 퇴적된 날들이 행복하다.
　낭만은 한강에 편 돗자리 위에서 마시는 맥주.
사랑에서 낭만이란 한강에서 편 돗자리뿐만 아니라
약속을 잡고 장을 보고 물건들을 나르는 지루한 일까지
포함된다. 낭만을 겉으로 핥기만 한 사랑들이 사라진다.
뜨겁다가 차갑게 사라진다.

　　　　　　　　우리의 삶은 엉망진창으로 아름답다

뜨겁고 달콤한 것들은 고독과 방황, 혼란의 차가운 슬픔을 우려낸다. 그것들을 착즙기에 넣고 짠다. 나는 사랑이 무슨 맛인지 모르겠다. 기쁜 맛인지 행복한 맛인지 찹찹한 맛인지 화가 나는 맛인지…. 맛도 모르는데 잔에 담아 마시면 속이 뜨끈해진다. 목구멍을 타고 넘어와 뱃속을 돌아 온몸 구석구석 온기가 돈다.

슬픔이나 아픔처럼 그치지 않는 것들이 사람의 품에 안기면 견딜 수 있는 만큼이 된다. 잠을 자고 일어나 샤워를 하고 커피를 마시는 일. 전철을 타고 출근하는, 그런 일이 된다.

나 이 듦 과
감 각 과   감 정

　시간은 사람의 무언가를 무디게 한다. 감각.
생각. 판단. 운동 기능. 날카롭게 수행하던 기능들이
느슨해진다. 나이가 들수록 뭉툭해지는 느낌이 든다.
　아이러니하게도 나이를 먹을수록 촉촉한 인간이
된다. 감정이 풍부한 사람이 된다. 다 겪어봐서 점점
무뎌진다고 생각했는데 알아서 더 생생해진다.
　텔레비전에서 아픈 새끼를 돌보는 어미 강아지를 보며
내 자식이 아픈 것만 같은 통증이 인다. 손끝에 느껴지는
무언가를 감각하는 일은 무뎌져 가지만 마음 끝으로
무언가를 느끼는 감정은 생생해진다.

　마음은 늙지 않는다.

250   우리의 삶은 엉망진창으로 아름답다

철 부
지
철 학 자

　초점이 맞기 위해서는 최소한의 거리가 필요하듯
무엇을 사유함에 필요조건은 역시 거리이다. 우리의
일상이 전혀 철학적이지 않은 것은 나와 생활 사이에
거리가 없기 때문이다. 물음이나 깨달음은 늦은 밤 캔
맥주 한잔에, 후회로 뒤척이는 이불 속에 있다.
　하루는 경황없이 지나가고 어설프게 닥친 일들을
처리한다. 당신에게 내가 철부지 같은 건 이 때문이다.
나의 철학적인 물음이나 깨달음은 내 안에만 있고
바깥으로 나오지 못한다. 내 눈에 당신이 철부지 같아
보이는 것도 이 때문이다.
　우리는 늘 스스로는 성숙한 느낌이고 상대는 철부지
같다. 누구나 철학적이면서 아니기도 하고 어른인
체하면서 그렇지 않기도 하다.

　　　　　　　　　　우리의 삶은 엉망진창으로 아름답다

삶
의 끝 에 는

무엇이 되어도
나는 나 자신밖에 되지 못한다.
살아가는 건
결국에 내가 되어가는 일이다.

산 다 는   건
시 가   아 니 다

"우린 정말 엉망진창이야."

삶은 원래 그 모양이다. 엉망진창. 그런 모양으로
아름답다. 찌질하고 구질구질한. 타인의 삶이 아닌
내가 살아가는 삶에는 어떤 것도 생략되지 않는다.
생활이란 그렇다. 산다는 건 시가 아니다. 구질구질하게
쓸모없는 것을 늘어트리며 사는 거다. 나는 시인이 될
필요가 없다. 아니 그 무엇도 될 필요가 없다. 무언가로
명명되기 위해 스스로 깎고 다듬어 다른 모양의 사람이
될 필요는 없다.

사랑은 완벽하지 않은 어긋난 운율 같다. 불완전하고
모호한 것들. 분명한 게 없는 것들. 사랑하고 두렵고
상처를 입고 다시 사랑하는 그런 일들. 불분명해서
아름다운 것들이 삶을 만든다.

아이는 클 때마다 성장통을 겪는다. 세상이 없을
것처럼 울다가도 언제 아팠냐는 듯이 어느새 모험을
떠난다. 아픔에 휘둘리는 것은 어른이다.

우리의 삶은 엉망진창으로 아름답다

어른 역시 통을 겪어야 자라지만 어른에겐 크는 일도 고통도
당연하지 않다. 행복, 불행 같은 것도 그렇다. 행복은 당연하고
불행은 아니라서 불행은 견딜 수가 없고 행복도 설레지 않는다.
눈을 반짝이며 상상하던 삶은 어느새 태연하게 견뎌야 하는
고통이 된다.

　행복도 아픔도 휘둘리지 않을 만큼만 중요하면 된다. 불행
슬픔 아픔 같은 것들이 견디기 힘든 건 행복에 집착하기
때문이다. 살다 보니 유별나게 중요한 것도 중요하지 않은 것도
없다. 사랑은 엉망진창인 나와 함께이다.

　곁, 나의 곁에 있는 것들.
　사랑. 사람. 그들과 날들을 보낸다.

　헝클어진 운율로 화음을 낸다.
　엉망진창이 되는 일. 사랑하는 일.
　산다는 건 구질구질하게 아름답다.

Epilogue

작은 눈을 가진 소녀는 큰 눈을 가진 미인이 되고 싶었다. 큰 눈을 동경하면서부터 작은 눈은 점점 소녀를 불행하게 만들었다. 결핍들은 나의 건전지였다. 백만돌이 토끼 인형처럼 쉬지 않고 움직였다. 결핍은 아무리 채워 넣어도 매워지지 않고 점점 더 허기가 졌다.

수술한 티가 나는 커다란 쌍꺼풀을 가지게 되자 자연스러운 눈을 가진 사람이 부러워졌다. 소녀가 가진 작은 눈이 아름답지 않았던 것은 소녀가 그렇게 생각했기 때문이다.

결핍은 작은 눈과 같다. 없어서가 아니라 부족하다고 결론을 내었기 때문이다.

특별한 삶을 동경했다. 삶은 충분히 아름다웠던 소녀의 작은 눈처럼 특별했지만, 볼품없다고 이미 결론을 지어버려서 슬픈 얼굴이었다.

가끔 생각한다. 소녀가 큰 눈을 동경했지만 작은 눈을 미워하지 않았다면 어땠을까? 특별한 삶을 꿈꾸지만 평범한 일상을 사랑했다면 어땠을까?

삶은 평범한 일상의 퇴적이다. 삶의 지층에서 내가 가진 것들을 발견한다. 내게 건네지는 웃음, 추운 날 온기를 나눠주는 꽉 잡은 손. 누군가를 돌보는 기쁨. 평범한 날이 주는 안도.

결국 나를 살게 하는 것은 이런 것들이었다.

여전히 특별한 누군가가 되고 싶지만 나는 이미 특별하다는 것을 안다.